MISSISSIPPI

SOPHIE G. LUCAS

Cette année, cela fait 15 ans que La Contre Allée
fait confiance à votre curiosité.
Vous avez entre les mains la **première impression**
de *Mississippi, la Geste des ordinaires* et nous vous en remercions.

Collection La Sentinelle

MISSISSIPPI
LA GESTE DES ORDINAIRES
SOPHIE G. LUCAS

À Andrée G.,
ma mère

Car on peut faire commencer l'Histoire quand
on veut. Ce ne sont pas ceux qui la font
qui en décident mais celui qui la raconte et
qui peut donc choisir comme premier mot de
son récit n'importe quelle journée pour
en faire le point zéro de son calendrier [...],
[*chaque date*] *et puis n'importe quelle autre*
aussi bien contenant en elle toute l'amplitude
ramassée du temps, le passé, le présent et
l'avenir, attendant juste le tour de passe-passe
d'une parole propice pour se déployer à la fois
dans toutes les directions de la durée.

Philippe Forest, *Le Siècle des nuages*
Gallimard, 2010

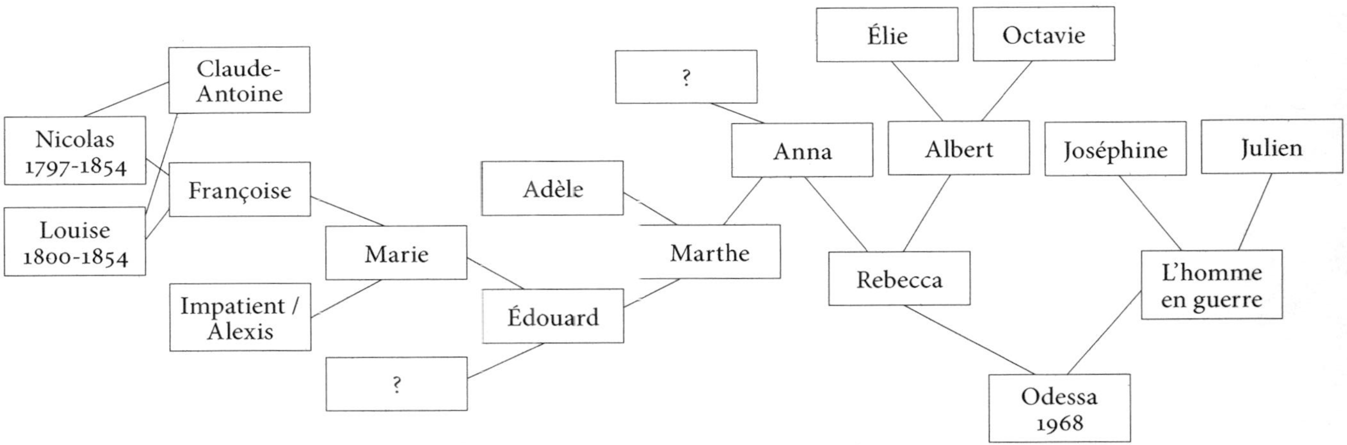
Claude-
Antoine
Nicolas
1797-1854
Louise
1800-1854
Françoise
Impatient /
Alexis
Marie
?
Adèle
Édouard
Marthe
?
Anna
Élie
Octavie
Albert
Rebecca
Joséphine
Julien
L'homme
en guerre
Odessa
1968

Nous désirons le monde

1839,

À quoi ça ressemble un homme du XIXe siècle ? Comment ça bouge dans son corps ? Comment ça épouse le paysage ? Comment il s'arrange, ce paysan, de ses sabots, de son chapeau large bord, de ses vêtements raidis par l'épaisseur des tissus et de la crasse ?

Et celui-là, debout, chapeau à la main, colère rentrée ? Non, pas de colère, pas encore. D'abord de l'incompréhension. Du désarroi.

Impatient (c'est son prénom) est désarmé sur le moment. Impatient a le corps debout, mais immobile dans la moitié du paysage (Parce qu'à cet instant, une partie de son corps est dans la pièce et l'autre sur le pas de la porte, dehors. Quelque chose comme ça qui se dessine dans le paysage, un homme à demi, où que l'on se place, dehors ou dedans, et comment s'étonner dès lors que la ville porte le nom d'Ormoy).

Impatient en a le souffle coupé. Du proche paysage il ne voit plus rien. Juste un flot de lumière. Pied dehors, pied dedans, le contre-jour, mais qu'importe cette sorte d'aveuglement, il ne voit pas clair de sa vie qui lui échappe, là, en une fraction de seconde, devant l'homme derrière le bureau de la Maison commune, Julien Henriot. Et Julien Henriot a dit Je ne te vois pas et Impatient était bel et bien là, mais Julien Henriot a dit Non. Non Impatient, tu n'existes pas (c'est ce qu'entend alors Impatient, Tu n'existes pas). Je ne te vois pas (c'est ce que prononce exactement Julien Henriot, ce sont ses mots). Alors Impatient a marché vers la porte de la Maison commune, juste prendre l'air et le feu du dehors, s'animer, animer le corps, et surtout s'éloigner de la langue fourchue de Julien Henriot, de la bouche qui lit à voix haute les mots que lui, Impatient, lit à peine. Mais Julien Henriot a tourné les pages et n'a pas lu. N'a pas lu ce qu'Impatient attendait, Impatient Lansard, né le 19 septembre 1808 à Ormoy.

Bel et bien là pourtant.

Un paysan, un homme. Debout. Il est né en ce pays, Impatient. Il le sait. Il l'a porté en lui-même, loin. Ces plaines par cœur. Ces forêts jusqu'à la gueule. Comment il tient, Impatient, dans ce paysage. Par la résistance. Il a résisté à ce pays. À sa famille. Il a résisté aux vignes, aux plaines, aux forêts, à la rivière, à la Grand'Rue. Mais Impatient est revenu. Et à présent c'est tout le pays qui lui résiste. Qui ne cède pas à sa demande d'homme. Exister. Ici.

L'accablement d'Impatient ne dure pas. Il ne ressemble pas aux paysages de son pays. Tout juste peut-être cet affaissement vers le cours d'eau au niveau du cœur. Mais il ne leur ressemble plus. Il s'est forgé sur d'autres paysages. Anguleux. Hauts. Puissants. Furieux. Coups de pied au cul des plaines, douceur et monotonie, silence, coups de poing à la brume, aux chemins, aux rivières. Impatient balaie de son chapeau les mots de Julien Henriot, les rais de lumière, la poussière, son père, Dieu et tout ce qu'il peut y avoir sur son chemin, exister.

Impatient les fleuves, les mers, les sommets, le bruit, l'agitation, J'existe bien quelque part Julien, enfin tu me connais. Julien Henriot soupire, tourne la tête, Ce n'est pas moi Impatient, c'est la Loi. Tu n'es pas dans le Registre, tu n'existes pas aux yeux de la Loi, on ne t'a pas déclaré, un oubli, une erreur. Impatient se fait plusieurs dans la Maison commune, il peste et rugit, s'insurge, la fureur, les hauts paysages, et c'est tout ce qu'il a traversé qui le traverse, Impatient l'Amérique, Impatient un navire, Impatient la guerre, Impatient l'Algérie (enfin croit-il), Alors quoi je n'existe pas, je suis une erreur, je suis un oubli ? Et les autres ? Mon frère idiot ? Ma sœur morte ? Ils sont là, ils sont bien là, confirme Julien Henriot (et c'est de la honte que cela inspire à Impatient le dernier-né, un mauvais fils jusqu'au bout, et s'il n'était pas), Si je n'étais pas leur fils, à voix haute, comme échappé de son corps empaysagé par l'humiliation.

Bang ! Ça fait bang. Ça.

Et la première pensée, Maman, parce que prononcée à voix haute, Bang ! Maman ! J'ai tué un homme. Un cri sorti là, des tripes, ça danse un peu la tête et le ventre, envie de vomir, envie de chier, un cri. Et puis l'obstination de la vie, ça il s'en souvient encore, d'ailleurs il ne se souvient que du premier crime, pas de ceux qui ont suivi, doit-on dire crime, c'est la guerre, l'obstination de la vie. Le sang sur le visage de l'homme, qui se fraie un chemin entre les poils de barbe et les creux de vie sur la peau, le souffle encore un peu, alors pour aider, pour ne pas voir un homme agoniser, J'existe, coups de crosse sur la tête encore, c'est la guerre, et encore, J'existe, et encore, Je ne te vois pas, c'est le premier mort d'Impatient, prendre soin dans le feu de lui donner une fin digne, Maman, bang bang bang, Je ne connaissais pas son nom et on ne le reconnaîtra pas sous les coups de crosse et de botte. Et le silence. Pas longtemps le silence, juste le temps de reprendre respiration, d'avaler les odeurs de corps étendus, de poudre, de baïonnettes, les ordres, son sang, sa sueur, sa salive, sa merde (pas le temps de pisser, pas le temps de se soulager, tuer, avancer il faut) (sauver sa peau plus que gagner bataille, c'est ça la guerre, des milliers d'hommes qui mettent toute leur énergie pour sauver leur peau et chaque jour ne faire que ça, sauver sa vie, se lever à l'aube, mensonges que les belles victoires, l'héroïsme, les médailles, le courage, le Pays, ça c'est pour les nantis) (Impatient remplace un jeune noble au mauvais tirage au sort) (d'ailleurs a touché une jolie somme Impatient et il ne pense qu'à revenir pour la dépenser, ça fait de lui un bon soldat). Tout ça pue, un champ de bataille pue, les soldats puent, Nous sommes des héros. Impatient porte des hommes par-dessus tête, et pas foutu d'être un homme, un seul, sur la page d'un Registre, Je fais comment, moi, pour revenir ?

Le mot lui avait échappé, revenir, comme revenu d'entre les morts, revenu de tout, revenu d'un océan et d'une mer, cinq années dans la boue, le pavé du Pays et d'ailleurs, qu'importe où finalement, des hommes contre d'autres hommes à s'entre-tuer en attendant la paix, et puis une autre guerre, et puis des insurrections à mater, des hommes comme lui. Il avait mis du temps, Impatient, à revenir au pays. Comme s'il avait dû se nettoyer, se refaire neuf, mais de porter tant d'hommes morts faisait de lui un autre homme. Finalement, et ça l'avait effleuré, l'Impatient du Registre, s'il avait été inscrit, ne serait pas le même que l'Impatient d'aujourd'hui, celui devant Julien Henriot. C'était une manière d'aller au bout, de faire peau nouvelle et puisqu'il était un autre homme, pouvait-il changer de prénom, de date de naissance, de parents ? Ne plus être Impatient. Continuer à être celui qu'il avait commencé à devenir en revenant ? Revenant se murmure Impatient, revenant.

C'est comme si j'étais mort, Impatient à Julien, et Julien, debout droit, poings posés sur le registre, Mort tu serais signifié, là tu n'es rien, ni vivant ni mort, C'est une façon de parler, se reprend Julien. Et si j'étais mort à la guerre ? Julien Henriot tourne la tête, Je ne sais pas, Impatient lâche ce sourire, mi-désabusé, mi-moqueur, Je sais moi, rien, poussière, os et terre mais. Mais il avait un papier sur lui, rien d'officiel, il avait demandé à un camarade instruit de lui écrire son nom, Impatient Lansard, fils d'Antoine et Anne Lansard, né le 19 septembre 1808 à Ormoy, Bourgogne. Un papier dans sa poche de militaire. Il se disait que s'il mourait, ses parents auraient bien voulu le savoir. Se fichait bien alors du Registre, qui aurait bien pu le consulter, qui aurait pu s'intéresser à la mort d'Impatient Lansard, militaire, fils de vignerons ? C'est pour cette raison, après tout, qu'il était parti, qu'il avait pris sa chance, dépasser les forêts d'ormes, la Saône, rejoindre ce qui grondait au-delà, sortir de ce foutu Registre, de ces foutues limites du village, mais il n'y était pas dans ce Registre, et peut-être, se dit-il, peut-être que c'était ce qui l'avait poussé à vouloir se faire un nom, c'est moi, Impatient.

Ce sont les premiers mots prononcés à son retour, à son père, à sa mère, à son frère et à sa sœur, C'est moi, Impatient. Dix ans. Presque dix ans. Et ils n'avaient dit mot. Ils ne l'avaient pas reconnu. Un peu plus épais, barbe, un enfant devenu un homme, à qui pouvait-il ressembler, tant d'hommes morts avec lui, tant de paysages traversés, Impatient se montrait pays inconnu pour ses proches. Il avait fallu du temps pour retrouver le regard du jeune homme d'avant, était-ce la mère, était-ce le père, il ne s'en souvient pas, leur hébétude oui, ils avaient dû le croire mort, C'est notre petit. Impatient le benjamin. Impatient le fils mal aimé. Une main posée sur son bras comme pour s'assurer qu'il était bien là, en chair et en os (dépassant le geste jusqu'à l'âme a-t-il senti, mais on ne s'encombre pas de ces choses-là) (et puis, ce sentiment d'étrangeté revenu).

Ce sentiment déjà ressenti cinq années plus tôt, quand il faillit revenir. Ce sentiment qui l'avait fait repartir, pas revu les parents, pas revu le village, rien que du haut des collines et demi-tour. Impatient avait essayé de revenir, mais c'était comme si son corps lui avait échappé, comme s'il n'avait pu l'inscrire dans les paysages de l'enfance et des aïeux. Il avait vu cela, des hommes ainsi s'absenter, disparaître peu à peu quelque chose dans les yeux. Pas comme la mort, non, une sorte de détachement qui faisait aller le corps plus vite, pour aller tuer, pour se déplacer, pour prendre les coups. C'est quand il arriva là pour la première fois depuis toutes ces années, sur les hauteurs d'Ormoy, qu'Impatient sentit que ce n'était pas le moment, qu'il n'était pas tout à fait revenu, il ne voulait pas voir dans leurs yeux ce qu'il était devenu à force alors. Alors il a pris la somme d'argent enterrée près d'un orme à l'orée d'un de ces bois. Et il est reparti. Il a traversé le Pays et un océan. Il a senti lors de cette marche solitaire jusqu'à l'océan qu'il se délestait de quelque chose déjà, il aurait pu s'arrêter là, mais il était porté, Impatient l'océan pour faire poids dans le paysage.

Je suis plus vivant que toi Julien, je ne suis peut-être pas dans ce Registre, mais j'ai mille vies en moi, il le dit d'une voix calme, sans éclats, Julien les yeux baissés, on l'avait entendu si souvent, Impatient, avec ses histoires, on n'était pas toujours sûr qu'il disait la vérité, ça s'entendait parfois comme des contes, mais il savait y faire en matière d'histoires, on l'écoutait volontiers, d'autant qu'il pouvait se taire des semaines. Julien pense que cela ne pouvait arriver qu'à Impatient ce truc de Registre, comme s'il était un moulin à histoires, comme si sa vie ne pouvait épouser les collines d'Ormoy, douces et monotones, comme si cela ne lui suffisait pas et qu'il lui fallait un Mississippi. C'est ça, un Mississippi,

Julien n'a pas trop compris de quoi il s'agissait, un animal ou une ville, mais quelque chose de sauvage, Impatient en est plein de ce Mississippi, mais cela ne fait pas de lui un homme qui prend toute place et parole, c'est un homme retenu cet Impatient. Plein. C'était donc curieux cette absence, J'étais revenu pour exister, pour faire poids, voilà que d'un coup tout m'est ôté, Comment peut-on me rendre vie Julien ?

Lumière dans la Maison commune, splash, comme jetée d'un coup, un soleil de presque printemps (l'hiver a été si doux), quelques instants Impatient dans la lumière, un homme plus très jeune, trente ans, taille moyenne, mais aux épaules larges (décrire Impatient ne dirait rien de l'homme qu'il est) (on sent cependant qu'il hésite à occuper l'espace), Alors ?

Soupir de Julien, Il te faut des témoins, je ne peux pas revenir sur l'année de ta naissance pour t'y inscrire, tes témoins et toi devrez témoigner, prêter serment devant le Tribunal, et après cette audience publique nous pourrons rectifier l'omission et t'inscrire dans le Registre. Une fois qu'il sera prouvé que tu es bien Impatient Lansard. Silence (Impatient réfléchit sans doute aux témoins puisque père et mère et sœur morts, seul reste un frère idiot). Mais comment avaient-ils pu l'oublier ? Ce sont des choses qui arrivent Impatient, Julien refermant le Registre. Tu es né pendant les vendanges. Et qu'est-ce que ça peut faire, se dit Impatient (il ne répond pas à Julien) (mais des hommes et des femmes nés pendant les vendanges par ici, il y en a des dizaines, c'est un pays de vendanges, et les mères n'oublient pas d'enfanter, et les pères n'oublient pas de déclarer leurs enfants) alors, alors quoi, je dois me contenter de ça, de choses qui arrivent (c'est à ce moment-là qu'Impatient exprime de la colère, ce sera la seule fois, comme si quelque chose de plus ancien que lui remontait, il ne saurait pas l'expliquer) (sinon que cela entrave ses projets de mariage), ventre et tête bouillonnants, sang retourné, Impatient fleuve, Impatient déborde, Quelque chose qui a toujours été là se surprend-il à dire. Pour m'empêcher. C'est dit, il le dit. Ce quelque chose qui l'a empêché de rester auprès des siens, ce quelque chose qui l'a fait partir d'Ormoy, ce quelque chose qui l'a empêché de revenir une première fois, ce quelque chose qui l'a vu enterrer presque toute sa famille en une année juste après son retour, ce foutu quelque chose qui l'empêche une fois encore de faire sa vie ici. Tout le pousse toujours à partir, à renoncer. On ne veut pas qu'il existe, lui qui persiste, lui qui Suis-je une faute, Suis-je d'ailleurs qu'on ne me veuille pas ici ? Mais il ne dit mot à voix haute Impatient, il donne coups de pied et poing dans la porte, Julien ne dit rien, juste laisser passer la colère, Impatient n'est pas de ces hommes qui. Dis-moi comment je dois faire une fois encore, dis-moi les mots précis, et quand je serai délivré de cet oubli. Dis-moi.

En si peu de temps, quelques secondes peut-être, la rumeur du Registre a fait d'Impatient un autre homme, Je suis une nuit, montée d'un coup, un homme incertain. Il pourrait, Impatient, il pourrait se dire qu'il ne s'agit que d'une erreur, que d'un foutu Registre, mais Impatient n'est pas homme facile, et comme il s'est toujours senti autre parmi les autres, il cherche. Alors il s'allonge. Il fait ça Impatient, à la nuit venue, il sort du village, monte une colline et s'allonge, faire corps avec la terre. Mais c'est grand jour, et il se moque des regards, et il s'allonge, là, le long de la Saône, se pénétrant des odeurs, des bruits, de la saison, faire tomber les pensées déraisonnables, Suis-je bien le fils d'Antoine Lansard et d'Anne Jacquot, leur dernier-né, Suis-je bien né le 19 septembre 1808 à Ormoy, Suis-je bien le frère de Pierre et de Françoise ? Et ça martèle dans son corps, et ça cogne dans son ventre, coups de la Terre, il est bien vivant Impatient, mêlé aux herbes et aux arbres, mêlé à ce qui monte quand vient la nuit, mêlé à l'eau qui galope, mêlé aux courses d'oiseaux, sangliers, cerfs et lièvres, foutu Registre !

Vivant, des herbes sur la paume des mains juste posées, aériennes, l'humidité de la terre dans le dos et la nuque, l'air léger frais sur le visage, vivant, ouvrant les yeux sur le ciel, nuages bordéliques d'une fin d'hiver, quelques rapaces haut, très haut, vivant, la voix du fleuve d'ici qui le mène au fleuve là-bas, comme si la Saône pouvait courir sous la Terre, relier la mer jusqu'au Mississippi, vivant, Je ne peux nommer tout ce qui m'entoure, tout ce que je touche, comme je ne peux me nommer moi, mais. Mais ce n'est pas pour ça que cela n'existe pas, vivant, je suis vivant, avec ou sans nom, reconnu ou non, j'ai accumulé suffisamment de vies pour dire que je suis plus que vivant, plus que moi, Impatient, quelque chose m'empêche mais quelque chose me dépasse, j'ai gagné ma vie, mon nom, ma place, vivant (détresse, herbes écrasées sous son poids, air semblant comme, détresse, lourd).

Ils sont tous morts. Les uns après les autres. Morts. Le père. La mère. La sœur. La mère du père. La mère du père qui a clos le cycle commencé le 29 janvier 1838, par le 29 janvier 1839. Une année de malheurs. Et c'est lui, Impatient, qui a porté les corps, présenté les corps, vivant, Impatient vivant.

Il ose ce geste Impatient, les bras étendus en croix, comme s'il se livrait à (quoi, le ciel, le vent, ce quelque chose, le silence), le bordel des nuages sur lui, la fraîcheur, mais du vivant, du bouillant dans le sang (chasser l'instant de détresse), ce qui se franchit du dehors en dedans, vols d'oiseaux. Peut-être qu'Impatient ne sait pas mettre les mots sur ce qu'il ressent, sur les arbres et les oiseaux, mais il ressent tout ce qui l'entoure comme mille hommes, ce qui agit en lui, vivant. Son père savait, nommait toutes choses de la nature, un savoir qui lui venait de loin disait-il, comme quelque chose à respecter qu'on aurait déposé en lui, il aurait pu faire de même pour son benjamin, mais. Mais animal se sent Impatient. La connaissance par son corps, même s'il ne se le disait pas, il agissait, corps et âme, il ne se séparait pas en nommant (car cela aurait été se séparer des forêts et des fleuves et des animaux, tout, s'il avait fallu se saisir du langage, se bâtir autre quand il était un avec les éléments). S'enfoncer plus encore dans la terre, épouser la coulée des cerfs, tressaillant Impatient. Narguer la mort. Quelque chose de plus grand que lui, Mississippi. Le voilà murmurant le mot Mississippi Mississippi Mississippi. Qui englobe tout de ces années, de ces voyages, des paysages. Mississippi. Ce qu'il voit. Là où c'était possible. Là où tout était neuf. À des milliers de kilomètres. À une terre et un océan d'ici. Alors quoi serait-il resté là-bas, Impatient, sur les rives du Mississippi. Et tout ce qui lui vient (allongé là, à l'écart du village, le ciel ici est le même là-bas, mais Impatient ?), les images et pas les mots.

Jamais n'oubliera le Mississippi, jamais, et la toute première rencontre avec le fleuve effaça l'enfer de la traversée, et l'enfer du retour se fit dans les souvenirs du fleuve (pour ne pas sombrer), ce n'est pas la traversée, ce n'est pas le débarquement dans le chaos qui lui reviennent, non, c'est le fleuve découvert là dans la plaine, paysage comme un écho d'Ormoy là-bas, collines et forêts, bougrement plus vaste, Impatient, déployé dans tous ses sens, jamais n'oubliera, tout blaireau qu'il fut (et ce ne fut pas la mer qui l'impressionna, il en avait vu la peur et les dangers, il en avait même senti l'odeur de mort mais) le fleuve, comme une rencontre avec quelqu'un, le Mississippi est une personne, c'est ça se murmure-t-il, et ce qui coule dans mes veines n'est pas le sang de mon père mais l'eau du Mississippi, Je suis le fils de Mississippi, C'est mon nom, quelle force avait bien pu pousser Impatient sur les rives du Mississippi, il n'en sait toujours foutre rien, lui fils de vignerons, d'un village franc-comtois d'un millier d'habitants, parti pour une terre, pour de l'or, mais c'est le Mississippi qui fut la terre et l'or d'Impatient, et dire aussi la lumière, comme Impatient n'avait jamais vu à ce point le ciel dans un fleuve, Impatient né sur les bords du Mississippi, l'homme sorti des eaux du fleuve par le boucan des lumières et des reflets et des ondulations, ce quelque chose d'inouï qui ne le quitte plus, Impatient, même au bord de la Saône, des ormes, d'un vieux pays, Impatient affluent du Mississippi, et comme il peut ne se sentir qu'une prière parfois, flottant, il pourrait n'être que source pour les animaux, les oiseaux pourraient se poser sur lui, Impatient n'en dirait rien, jamais, jamais n'oubliera Impatient comme on peut se sentir homme sans plus l'être, pris dans la nasse de la nature, même. Même s'il y a ce tas, ce fond, cet amas, et combien de fois Impatient a-t-il donné coups de talon pour que cela reste tout au fond de lui, et cela a pu disparaître parfois, cela a pu se taire sous l'effet du Mississippi, des sensations d'alors éprouvées (naissance) (neuf) (lavé), le sang, les corps, la boue, la peur, cet homme achevé, le pire de ce qu'homme peut être, courir, marcher, glisser, fuir sur des corps, Aide-moi, des corps enfoncés, défoncés, et crier, crier pour ne pas les entendre, crier pour s'entendre vivre soi, crier pour se donner du courage, l'envie qui le prit parfois de tomber aussi, mais cette force, cette puissance de vie qu'il n'avait jamais soupçonnée en lui, cette même force qui le fit traverser terres et océan, une corde (un fil serait bien en deçà de cette impression) qui le relie à quoi (non pas au Ciel, ça Impatient, ça non, il ne voulait plus en entendre parler de ces maudites croyances, ce qu'il avait fait, ce qu'il avait vu, ce dont pouvait être capable un homme, avait achevé en lui tout soulèvement pieux comme arraché), alors oui, peut-être que courir sur des corps pour se sauver n'avait pas suffi, il avait fallu des milliers de kilomètres, d'autres langues, d'autres visages, d'autres terres, d'autres mondes, pour ne pas avoir à affronter les siens, le silence, naître autre part (et comment aurait-il su, et peut-être avait-il su, au fond de lui, qu'il n'existait pas dans le Registre, parmi les siens qui n'avaient pas daigné le reconnaître comme un des leurs, qu'il n'était pas né, alors une force inconnue l'avait poussé à quitter le village, à faire guerre, pour naître enfin), partir, déterrer l'argent caché auprès de cet orme, l'argent gagné en échange de cinq années de sa vie, pour aller tuer, mourir à la place d'un de ces fils nantis, se vendre, considérer sa vie moindre que celle d'un bourgeois, s'en défendre (mais quand même), s'en saisir comme d'une chance, prouver que lui s'en sortirait, bien mieux que ce fils dont il n'avait vu que le père et les pièces dans sa main, quel nom a-t-il porté alors Impatient, à la place de, enfoncé aussi à coups de talon tout au fond de lui, s'arracher de ces années, ne pas devenir fou, ne pas devenir autre que lui-même (peut-être même qu'avec le temps il avait mis au crédit de ce fils bourgeois ses morts, ses peurs, sa part noire, peut-être était-il allé plus loin qu'il n'aurait fallu, tuant au nom de ce jeune homme, n'étant plus tout à fait Impatient, ne se reconnaissant pas, et peut-être encore qu'il avait tué ce fils bourgeois chaque fois qu'il avait tué, massacré un homme), toutes pensées surgies au bord du Mississippi quand il s'est agi de le longer, de le descendre, d'épouser ses rives, homme nouveau (comment le saurait-il), un long voyage avant de parvenir à penser, à déposer le paysage en lui, l'impossibilité jusqu'alors d'engranger la lumière, la mer, le ciel rouge violet, la pluie, l'horizon, les levers et couchers du soleil, les oiseaux, n'engrangeant que le malheur, ne retenant que le pire de la traversée (il ne se souvenait pas, Impatient, de son second départ d'Ormoy vers un port pour embarquer de l'autre côté de l'Atlantique) (il lui semble qu'il n'y eut que brouillard fracas et solitude) (et parfois cela lui a semblé pire que la guerre), fracas intérieur, Impatient se heurtant comme une herbe contre le vent, contre les paysages, l'impossibilité de s'y inscrire, de s'y attarder, s'échapper, et il repousse toujours cette nuit-là, sur la route vers le port, campagne, creux et vide, la faim, la fatigue, Impatient devenant fou à ne se parler qu'à lui-même, s'effondrant dans un bois, sentant que cette corde, que cette force, le quittait, glissant alors vers un obscur, des heures à s'abandonner, force et volonté anéanties, et puis. Et puis l'animalité du bois le retenant, le tirant à la vie, cet ancien dont lui parlait son père, cette chose lointaine, profonde, avait-il senti un souffle sur lui, des mains le soulevant, un mystère dont il n'est pas revenu tout à fait, auquel il a repensé quand cette sorte d'élan s'en allait parfois avant d'arriver sur les rives du Mississippi, saisi par la honte d'avoir pu céder, Impatient (hanté par la peur de perdre raison) (il avait pourtant fallu perdre un peu de son humanité pour survivre jusque-là) (c'est quoi un homme) (animal) (ne vaut-il pas mieux).

Mississippi Mississippi Mississippi, un homme, un ami devrait-il dire, dans la troupe, côte à côte le plus souvent, jusqu'à ce qu'il tombe, jusqu'à ce qu'Impatient doive l'aider à mourir vite, un ami donc, lui avait parlé de ce pays. Il lisait, et c'était miracle de l'entendre, de voir les mots sortir de sa bouche comme par magie, il lisait, et Impatient comprit de quel monde obscur il venait et où il pourrait aller, à sa mesure, parce qu'il ne lisait pas, pas comme François, il déchiffrait, mais à entendre les mots, les histoires, il se sentait hissé, Impatient impatient d'en découdre avec l'existence, Impatient voulait une vie à sa mesure. Impatient l'échappée belle, mais enfin le port, mais enfin l'embarcation vers cette terre entendue, chantée, par la voix de François, et tout le long de la traversée, entassé avec d'autres, hommes et femmes, sur l'entrepont, dans la sainte-barbe lui avait-on dit, un marin désignant blasé l'arrière du bateau, C'est là, là que nous dormirons (hamacs et par terre), mangerons, à peine séparés des animaux, hommes de troisième classe, jouerons (cartes, dés), rêverons (là que certains sont morts), puerons, vomirons, jetés par-dessus bord, chanterons et danserons, boirons le vin et l'eau croupie, boirons le vent et les tempêtes, maux de mer, fièvres, parasites, il fallait le désirer ce monde, à ce point-là, dans ces extrêmes-là, pour endurer l'enfer du voyage (les respirations, les souffles, les odeurs, les gémissements, les pleurs) (mais au moins nous étions vivants), pour un pays dont on avait fait que rêver, mais au moins Impatient avait voyagé, en tuant, certes (guerres, insurrections), tandis que d'autres n'avaient pas été plus loin que le bout du village, et la première fois qu'ils en sortirent, c'était pour traverser un océan, et visiter l'inconnu, d'autres langues, d'autres us, comme sauter à pieds joints dans le ciel, et pour ceux qui mouraient pendant le voyage, rayer la mer de leurs corps, faire de cette traversée leur geste, et pour Impatient, ce périple se résuma à des corps, qu'ils soient vivants, qu'ils soient morts, qu'il soit le sien, des corps taillés dans la pauvreté et le labeur, des corps faits pour désirer d'autres mondes, des corps révolutionnaires, encore chauds des soulèvements, la geste des ordinaires prolongée là (qui aurait dit les Indiens, les hommes noirs, les lacs, le delta du Mississippi, les bisons, alligators et pélicans, coyotes, castors et moufettes) (Ormoy disparut un matin dans la course et la poussière de chevaux sauvages) (As-tu vu le monde Impatient) (Immortel alors, dira-t-il de lui un jour au détour), Mississippi. C'est le soleil qui le ramène un peu là, Ormoy, au bord de la Saône, une très légère chaleur sur le visage, aussi vivant qu'une herbe plus vivante qu'un homme, la chaleur en effet, il s'embrasa, Impatient, sur les rives du Mississippi, et s'il y eut vent, s'il y eut pluie ce jour-là, il n'en vit rien, n'en ressentit rien puisqu'il prit feu, c'est par la lumière qu'Impatient entra dans le fleuve, même pluie, même vent, même agitation, le Mississippi irradiait, désormais Impatient rencontrera le monde par ce feu-là, que ce soient les paysages ou les hommes, et il n'y eut pas beaucoup de feux depuis, jusqu'à ce que, elle, Tu es ma lumière, mais c'est une autre histoire, quelques années plus tard, c'est ce qui l'amena à la Maison commune, et sans bien comprendre tous les fils de son histoire, Impatient sent que tout est lié, pour arriver jusqu'à elle, lumière, homme dansant qu'est devenu Impatient (il y a cette scène, sous les yeux d'un appaloosa, un homme face au fleuve, *misi-ziibi*, pris dans la pluie et le vent, le dos chargé, il s'est arrêté net, comme l'appaloosa le ferait devant l'obstacle, à quelques mètres de la rive, ne se cabre pas l'homme, fléchit plutôt, sacs à terre à présent, un pas ou deux ensuite, l'appaloosa mâchouille un peu d'herbe, s'amuse même, voyant l'homme blanc lever les bras au ciel et pousser un cri comme jamais l'appaloosa entendit, oreilles tendues vers lui, ce cri, entre joie et soulagement il ne sait, pas de terreur puisque son corps de cheval ne bouge pas, ne s'inquiète pas, curieux simplement de cet homme tendu vers *misi-ziibi,* les bras ouverts comme pour embrasser l'invraisemblable, le fleuve tout entier, et peut-être même sent-il que le corps de l'homme blanc frémit comme pour se confondre à la pluie et au vent, l'appaloosa rejoignant son clan au galop, un homme dansant avec *misi-ziibi*, galop, galop, galop). Ce corps, Impatient, qui lui dit Bouge, Lève-toi, et il se lève, et il bouge, et il avance vers la Saône, s'assied et jette cailloux dans le fleuve, que faire, Julien Henriot lui a expliqué, la demande, la route, les témoins à choisir, mais quoi faire avec sa honte, son humiliation, est-ce qu'elle voudra toujours de lui après ça, et son père, tout Ormoy saurait, Impatient voudrait (caillou) l'enlever et filer avec elle vers le Mississippi, une demi-seconde de rêve, un demi-Mississippi (Missi-), mais jamais Impatient n'infligerait traversée, voyage, errance à sa lumière (comme il l'appelle, et aussitôt voit son sourire) (caillou), ce fut son affaire d'homme, ce fut entre lui et lui, lui et l'univers, à présent, il lui faut bâtir, tracer, faire racine (caillou), s'agrandir arbre, il est temps, il entre dans sa vie seconde, est prêt à devenir affluent du Mississippi. Avait mis son corps, Impatient, dans des bateaux (des monstres lui a-t-il semblé parfois), ses pieds sur des morceaux de corps (têtes, troncs, mains), ses pieds glissant sur du sang (succombant presque sous l'odeur) (un monstre lui a-t-il semblé qu'il était), avait mis du temps à abandonner son corps dans les paysages, son corps contre celui d'une femme inconnue sur l'entrepont, une nuit (se réchauffer alors) (ne sut jamais au petit matin qui était cette femme, jeune, vieille, laide, belle, une femme, un corps, de la chaleur, du plaisir furtif), et dans ce fatras, ce foutoir d'hommes et de femmes, avait pu hisser son corps contre l'océan, le soleil, tout contre, avait alors, Impatient, ressenti quelque chose dans son corps, sous sa peau, avait frémi, avait senti revenir la vie (de quoi on pouvait être capable dans l'enfer, avait pensé Impatient) (s'était senti mal avec ça) (pas longtemps) (l'océan et la lumière plus forts), avait posé son corps sur une terre inconnue, seul, avait eu faim (dans son ventre) (dans son âme) (son regard aussi), Impatient dans une foule, dans la boue, dans l'agitation, des cris, n'avait pas imaginé cela Impatient, avait suivi un groupe d'hommes et de femmes, qui disaient Or, Allons chercher de l'or, ça lui avait paru une bonne idée alors, Impatient, emporté dans un chariot, sa langue glissant d'or à Ormoy (amusé), mais filer le corps, l'emporter loin dans le paysage, créer liens, avec des gestes plutôt que des mots (tant de langues étrangères) (mais Impatient était déjà un étranger dans sa langue) (parmi les siens), avait passé des collines, des montagnes, des lacs, des rivières, avait marché, chevauché, avait appris à lire les sentiers, les visages, les forêts, avait porté loin plus à l'ouest son corps, avait croisé des gens de son pays natal, avait passé son chemin, avait creusé son abri à flanc de colline (garçon blaireau) à la Prairie du Chien (en français c'était peut-être pour ça) (avec d'autres Français, de sa région même) (plus tard il y eut cette ville baptisée Frenchtown), blaireau, donc, mineur de plomb, avait canoë sur le Mississippi, avait chassé le vison, avait, dégoûté à force, n'avait pas fait fortune Impatient, avait exploré le long du Mississippi, juste de quoi manger, avancer, repartir, errer, avait regard perdu sur le fleuve, avait creusé le vide en lui sans le savoir Impatient, mineur, avait des années, avait descendu longé suivi le Mississippi, avait senti monter des eaux autre chose que des alligators, avait lagunes saumâtres, avait marécages, avait serpents, avait mangroves, avait traînant, lancinant, avait vu des hommes noirs se noyer, avait senti la mort monter du fleuve, avait perdu le fleuve dans la mer, avait perdu Impatient, revenir alors, Ormoy.

Et c'est comme si les éléments s'étaient faits furieux ensuite, comme si le malheur avait fondu sur lui dès lors qu'il posa le regard sur elle et décida que c'était elle (Tu es ma lumière), ils moururent, les uns après les autres (des forces obscures) (la boue) (les marécages) et à la fin, on le fait disparaître du Registre des vivants, Impatient. Se demande, Impatient, s'il n'a pas rapporté quelque sort des bords du Mississippi, qui sait, un Indien, un de ces hommes noirs, et pourquoi pas l'Ormoy sorcière. Il a envie de croire à autre chose qu'un oubli, qu'un abandon, qu'un secret, il a envie d'aimer les siens. De ne pas sombrer avec eux. Eux qui sont tous morts. Comme un seul homme. En une seule année.

C'est chez eux qu'Impatient tomba à son retour. On lui posa quelques questions sur ses voyages, ses guerres, on douta parfois que ce fut bien lui, Impatient, tant d'années qu'on avait fini par l'enterrer, puis on retourna vite à la tâche, au quotidien, au labeur, vignerons, bateliers, survivre, deux bras solides en plus, c'était toujours ça de gagné sur la misère. Si les mains d'Impatient s'étaient enrichies d'autres gestes (de guerres aussi), elles n'avaient pas oublié les gestes d'ici, elles vivaient parfois loin de lui, loin d'Impatient vagabondant alors, fuyant même jusqu'aux rives du Mississippi (il n'était pas rare que l'on posât des regards troublés sur lui, ses silences, ses gestes suspendus, ses échappées), sa présence pouvait peser moins parfois que son absence (on pouvait confondre sa silhouette avec celle d'un arbre, silencieux et immobile sur les bords de la Saône) (à sa place) jusqu'à ce que, Françoise, Tu es ma lumière, il lui a semblé qu'elle avait posé sur lui des yeux curieux, il se savait un peu âgé à présent (trente et un ans), lourd de plusieurs vies, d'autres hommes au village, plus jeunes, à meilleure figure, mais c'était sur lui qu'elle s'était attardée (peut-être les voyages qu'il racontait parfois) (et il en disait peu le plus souvent), alors il avait osé, maladroit, Je suis immortel, le Mississippi au cœur je peux, et à l'instant où il lui demanda Épouse-moi, la vie le déborda de tout côté, Impatient noyé, c'est aux morts qu'il s'adressa, à eux qu'il s'agrippa. Son père tout d'abord au tout premier mois de l'année 1838, sa mère l'hiver de la même année, sa sœur et sa grand-mère en janvier 1839, quel malheur, quelle malédiction on pensa alors. On imagina même qu'Impatient avait pu aider à leurs morts, soit de sa main, soit d'une maladie ramenée depuis l'autre côté de l'Atlantique. La rumeur finit par s'essouffler, mais il en resta quelque chose dans les regards et dans les gestes . Mais pas un mot, et cela pesa sans doute plus lourd. Seule Françoise balaya la rumeur d'un revers de main, c'était son Impatient, celui qu'elle connaissait dans l'intimité, ce visage-là où s'étaient dessinés des paysages lointains (là, dans ces rides, et là, sur le front, et puis ces yeux parfois qui allaient par-delà l'horizon plus que n'importe qui d'autre) (un cours d'eau sur la peau de son visage), c'était cet homme-là qu'elle croyait (et peut-être existait-il un autre Impatient, mais celui-là elle ne le connaissait pas, et ne le voulait pas, alors) alors elle décida d'avancer tête haute dans le village et face à son père, C'est lui et personne d'autre. L'argent. Des terres. Impatient ferait l'affaire dit le père. On avait besoin d'avancer. On avait besoin d'un Impatient et de sa petite fortune. Avancer. Un nouveau mot pour ceux de la terre, ceux aux mains noires épaisses comme du cuir, avancer, on apprenait à ne plus rester homme penché, homme à genoux dans les vignes, la Révolution avait infusé, on commençait à vouloir autre chose pour soi et ses enfants, ça se soulevait parfois dans le corps des hommes et des femmes, on était au-delà de l'espérance, on poussait un peu plus loin les mots, de la gorge à la langue, on avait le dos un peu moins rond, ça charriait toutes sortes de choses (comme un fleuve) dans la bouche, dans le regard, dans les gestes, les enfants d'alors, sans le savoir, se sculptaient avec ça. Le père de Françoise voulait s'élever, peut-être même réussir quelque chose de sa vie, il voulait qu'elle et sa sœur épousent des hommes ambitieux (pas de fils alors), des hommes qui savent y faire avec la terre, avec les biens, il n'était pas sûr pour Impatient de son ambition, mais celui-là ne marchait pas comme les autres hommes du village, il était porté par les ailleurs, par d'autres géographies, il pensait qu'il pourrait le pousser, l'accompagner, l'aider à s'élever, à sortir du rang. Il en ferait son gendre, presque son fils. Alors quand Impatient est venu le voir pour lui dire qu'il n'existait pas vraiment, qu'il lui fallait des témoins pour prouver qui il était, lui, le père de Françoise, Nicolas, n'hésita pas. Il voulait Impatient comme fils. Il n'avait pas employé ces mots envers Impatient, pas à voix haute, mais c'était beau à voir dans le regard des deux hommes et cette main posée sur l'épaule d'Impatient, On va régler ça.

Impatient en veut à ses morts, Impatient lève le poing dans le cimetière, seul, à l'abri des regards (on le prend déjà pour un fou, comme son frère, au point qu'il ne peut le prendre pour témoin au Tribunal), Je voudrais bien vous sortir de terre, macchabées, vous traîner dans un chariot jusqu'à la ville, vous faire parler, témoigner, à quel point vous pourrissez ma vie comme vous pourrissez en terre, mais que vous ai-je fait, macchabées, macchabées, répète Impatient, ni père, ni mère, macchabées, pour avoir fait de moi un fantôme, un sans-nom, une ombre, moi qui vous ai portés morts, moi qui vous ai déposés en terre, je voudrais vous déterrer et vous laisser pourrir dans les bois, vous ôter mon respect, vous prendre ce que vous ne m'avez pas donné, un nom, une vie, mon honneur, je vais vous le prendre, je vais vous l'arracher ce nom que vous ne m'avez pas donné. Impatient ne fait pas remonter les coups reçus, l'enfant bousculé qu'il fut, et sans doute faut-il y trouver, là, la source de sa fuite, son besoin d'ailleurs jusqu'aux rives du Mississippi qui l'ont ramené de nouveau dans les bras d'Ormoy (mais qu'importe les raisons, il est parti), lui qui croyait avoir apaisé ses colères, mais non, Bande de macchabées, Je vais vous prouver qui je suis puisqu'il me faut gagner encore mon nom.

Et il regarde les morts, ceux dressés le long de la route qui le mène à Vesoul, Impatient impatient (et peut-être bien qu'il pense à cette route comme au fleuve américain) (et peut-être bien que ses morts sont ces silhouettes à flanc de colline formées par les pieds de vigne dans le contrejour), Impatient pressé d'en découdre avec le monde, las, il faut bien le dire,

Impatient, mais les morts à ses trousses, ses morts, père, mère, sœur et grand-mère, il n'en veut plus. Il les emporte à Vesoul et quand la Loi dira qui il est, Impatient les laissera quelque part dans les collines sur le retour et ils se confondront définitivement avec les pieds de vigne (les corps tant courbés par le travail de la terre).

Et ils sont là, aux côtés d'Impatient, les vivants, Alexis Lansard, son cousin et parrain, Pierre Jacquot son oncle, Marie son épouse et Nicolas Lumière, le père de Françoise, ils sont là, eux, vivants, prêts à témoigner de son existence devant le Procureur du Roi, à Vesoul, et il se sent revivre, Impatient, à leur côté (une matinée dans la charrette, deux chevaux) (son cousin conduisant, Marie à ses côtés et les trois hommes à l'arrière). Ils traversent la campagne qui les traverse, on descend (c'est du moins la sensation d'Impatient qui vit les paysages comme il respire, ce quelque chose qui entre en lui comme si son corps épousait les contours, fondu dans le paysage) (et c'est le fleuve Mississippi qui court toujours en lui) (le paysage qui marche dans son corps), ils parlent dans cette langue mélangée, dans ces accents lourds, une langue gravée dans le paysage (Impatient de ce monde aussi) (et surtout) (malgré tout). Impatient dans le mouvement, et c'est ainsi qu'il se sent vivant (même s'il lutte contre cette idée), il forcera son corps à s'enraciner dans son pays, dans sa langue, il en fera un orme, il ne sera pas au bord du Mississippi mais de la Saône, il aura la fierté de cet Indien croisé debout là près de la rive du Mississippi, posté à côté de son cheval et d'un orme (à ce moment-là, est-ce l'Indien, est-ce l'orme qui lui rappela l'arbre de son enfance) (c'est peut-être cette vision qui lui fit faire mouvement dans l'autre sens, vers l'Ormoy de son enfance) (comment savoir), et sur la route, tant d'ormes. Et Impatient n'ignore pas que l'orme est sacré, qu'il est à la croisée de mondes (son père le lui avait dit) et il sent sa présence, et il sent qu'il en a besoin en cette journée, car quoiqu'il en dise, Impatient, son cœur cogne fort, à mesure qu'il se rapproche de Vesoul, et si, sous la foule des ormes.

Il ne sait pas. Les oiseaux. Le presque printemps. Le soleil. Le mouvement. L'air s'adoucissant. Pour la première fois, Impatient ne se sent pas étranger parmi eux. Parmi ces hommes et cette femme. Ils parlent. Ils rient. Et le corps d'Impatient s'assouplit, les mots sortent de sa bouche comme brise. Ses voyages, son âge n'ont pas rendu libre Impatient parmi les hommes d'Ormoy, mais ce secret de naissance levé, ce qu'il portait comme un poids sans le savoir semble avoir disparu, et disparaissant, rend langue et vie à Impatient. Il renaît. Et ce sont tous les ormes croisés sur sa route qui marchent en lui, il y a foule et ça le remplit de mots comme jamais, et ses mots prennent avec d'autres mots, et il les voit s'entrelacer, faire boucle, résonner, rebondir, prendre corps comme lui, Impatient. Il les entend dire ces choses qu'on ne dit pas le plus souvent, Qu'il est beau ce pays, s'attarder sur les forêts, les collines, le ciel, les chemins, il a plaisir à partager avec eux, Marie et Pierre n'étaient jamais allés aussi loin de chez eux (et la ville qui les attend au bout), Raconte-nous Impatient, raconte-nous l'Amérique, comme si ce qu'ils avaient sous les yeux (le pays franc-comtois) pouvait ressembler à l'Amérique, comme si faire quelques kilomètres faisait naître le goût de l'ailleurs, Impatient disant alors l'océan, les animaux, les villes, les routes, le magique fleuve dont il se plaît à attendre un long moment avant de prononcer le nom, pour enfin le goûter sous la langue, Comment dire sont les mots le plus souvent énoncés par Impatient, car oui, Comment dire, sous leurs yeux, se sent, Impatient, devenir un pays. Et puis parfois le silence et c'est bien aussi, Impatient peut s'échapper alors dans sa foule intérieure, remettre de l'ordre, faire l'inventaire, et revenir parmi ses compagnons, Nicolas surtout, qu'il voudrait impressionner, et s'en faire un père, voudra-t-il toujours de lui comme époux de sa fille si le Tribunal lui refuse son nom ? Et s'il n'a pas le nom de ses parents, pourrait-il s'en inventer un ? Pourrait-il se faire naître, se nommer ? S'il devait choisir alors, ce serait Mississippi, Impatient Mississippi, comme personne, et au rythme des chevaux, de la charrette, Mississippi, Mississippi, Missssisssipppi (comme il se plaisait à transformer) et s'assoupit.

Il y aura la Ville. Donc. Vesoul. Calcaire et entre plaines et collines. Le bouillonnement. L'agitation. Les gens. Beaucoup de gens. Les tissus qui se touchent. Les bouches grandes. Ces étendues de vignes à l'arrivée de la Ville. Comment est-ce possible. Tant de vignes. Se sentir petits. Misérables. Écrasés. Dira Marie à Pierre. Au point de baisser ses épaules et sa tête. Mais peut-être n'a-t-elle pas prononcé un mot. Ce mot. Peut-être qu'il y eut juste ce mouvement du corps. La beauté. Oui. La beauté. Des façades. Des toitures. Des rues. Est-ce cela qui donnait aux gens cette allure, même parmi ceux qui semblaient aussi démunis qu'eux ? Le pas. La marche. Impatient sait. Il a vu comme un paysage peut changer le corps d'un homme ou d'une femme. Il se sent riche de ce savoir. Il a mille ans à cet instant. Quand il les regarde. Il est traversé par la géographie et le temps des hommes. Ce savoir-là fera de lui un étranger toute sa vie. Avant même de le savoir, il le savait. C'est ce qui le fit quitter Ormoy. Il pressentait le monde. Son père lui avait raconté que les arbres mêlaient leurs racines avec celles d'autres arbres de l'autre bout de la terre. Et Impatient a longtemps cru qu'il s'enracinait avec d'autres hommes d'autres pays. Il ne dit pas ça. À personne. Il regarde cette idée de temps en temps, quand il fait silence en lui, il observe cette pensée comme un objet. Impatient comme un arbre de son père. Il revient à ses compagnons. Il revient au monde. À Vesoul. Bruit. Claquements. Coups. Cris. Gens qui courent. Gens qui bousculent. Gens qui insultent. Leurs pas hésitants. La vive allure de la Ville. Un autre monde s'ouvre devant eux. Ils ne savent pas trop quoi en penser. Ils ne savent pas si c'est bien ou mal. Mais en chacun d'eux la certitude qu'ils sont déjà d'un vieux monde. Et que, à moins de rejoindre la Ville, ils seront des mis-de-côté (c'est l'expression qu'emploiera plus tard Nicolas sur la route du retour, et ce mis-de-côté a filé vers le ciel étoilé, sous les yeux d'un Impatient pris dans ses tourments d'homme de deux mondes, et ça s'est perdu dans les étoiles) (Tu en penses quoi Impatient, toi l'homme nouveau, mais Impatient ne répondra pas, la gorge nouée, n'avait-il pas fait l'erreur de revenir à Ormoy, comment savoir). Des rues. Des chevaux. Hé ! Avancer. Pas le temps, le nez en l'air. Se faufiler. Les odeurs. Le fracas. L'empressement des gestes. Des ateliers. Des marchands ambulants. Un homme peignant une enseigne et Nicolas s'arrêtant, et Nicolas impressionné, et Nicolas muet, Viens on va être en retard, Impatient ne sait pas alors que, à ce moment-là, se noue quelque chose, l'enseigne et Nicolas (et Nicolas non plus ne le sait pas) (des fils sous une tapisserie pas encore noués), un moment, une seconde, qui bouleversera des existences, une lignée même, des générations. Des bêtes. De la poussière. Toiles, planches, échoppes. La laideur aussi. Épaules contre épaules par endroits. Avancer. Demander. Le Tribunal. Quelques arbres. Impatient à l'aise et fier dans l'agitation, premier de ses compagnons, le pas assuré, Regarde-moi Nicolas, regarde comme je m'inscris dans l'air, comme je suis l'homme de la situation, l'homme de ta fille, je n'ai peut-être pas de nom mais je saurai m'en faire un, Regarde comme les gens de la ville s'écartent sur mon passage, je pourrais être un des leurs, chiens, chevaux, hommes, mains de vignerons, mains de marchands, Je suis un homme possible. Nous y voilà. Le Palais de Justice. Imposant sur la place. Cœur battant, Impatient pénètre dans le Tribunal suivi de ses compagnons. Ceux-là même qui témoigneront de son identité.

Il y aura donc Vesoul, un 13 mars 1839.

Justice rendue au nom de Louis-Philippe, Roi des Français, à Impatient, propriétaire, demeurant à Ormoy, né à Ormoy du légitime mariage d'Antoine

Lansard et de feu Anne Jacquot, ses père et mère, le dix-neuf septembre mil huit cent huit, l'exposant informé qu'il n'était pas inscrit sur le Registre d'État Civil et craignant que cet état de choses ne soit préjudiciable à son intérêt, voulant faire rectifier cette omission (Lis plus lentement Julien, détache les mots Julien), dire qu'Impatient Lansard, né à Ormoy, le dix-neuf septembre mil huit cent huit est fils légitime d'Antoine Lansard et de feu Anne Jacquot (quelle étrangeté Impatient de dire que ta mère est morte et pas ton père alors qu'il est mort mort mort), mari et femme, ordonner que le jugement à rendre sera inscrit par l'Officier d'État Civil sur le Registre courant de la commune d'Ormoy et que mention en sera faite sur le double Registre de mil huit cent huit et même mention sera faite par le greffier du Tribunal Civil séant à Vesoul (Je suis né plusieurs fois voyez), a prouvé par témoins, conformément à la Loi, qu'il est né à Ormoy (Comme ça sonne Julien, comme ça sonne), que le prénom d'Impatient lui a été donné, que ses père et mère l'ont toujours nourri, soigné et élevé, comme leur enfant légitime, qu'il a toujours été reconnu pour tel dans la famille de son père, et celle de sa mère, ainsi que par les habitants d'Ormoy, Monsieur Jasery, substitut pour Monsieur le Procureur du Roi, considérant que suivant l'exposant il serait né à Ormoy le dix-neuf septembre mil huit cent huit, qu'aucun acte de naissance applicable à l'exposant ne se trouve inscrit sur les Registres de l'État Civil de cette commune, pour l'année mil huit cent huit, ni sur le Registre des cinq années antérieures ni des cinq années postérieures de cette époque, que, pour obtenir la réparation de cette omission, l'exposant offre de prouver par témoins les faits contenus dans sa requête, que les faits sont pertinents, les témoins appelés sur la liste donnée par l'exposant ont comparu et après avoir prêté serment de dire la vérité ont déposé individuellement, le Tribunal charge Monsieur le Procureur du Roi de veiller à ce que cette mention soit faite d'une manière uniforme sur l'un et l'autre Registre, ainsi jugée à l'audience du Tribunal de Première Instance séant à Vesoul section civile donnée publiquement au Palais de Justice le treize mars mil huit cent trente-neuf pour copie conforme certifiée par nous Henriot Julien, maire officier de l'État Civil de la commune d'Ormoy, canton de Jussey, département de la Haute-Saône, le vingt-deux mars mil huit cent trente-neuf à huit heures du matin.

Es-tu satisfait Impatient. Impatient prend la lumière, la voix de Julien dans le dos, Merci, et s'en va, sort, fuit presque, le fourmillement de la ville de

Vesoul encore sous les pieds, quand les autres, ses compagnons étaient heureux de revenir au village après témoignage, comme quelque chose de perdu là-bas. Quand Impatient s'est allongé à l'arrière de la carriole, c'était comme un cercueil revenant à Ormoy, le ciel défilant sous ses yeux, noir et étoiles, le même ciel qu'au-dessus du Mississippi, et c'était mystère quand même, il avait un nom à présent, mais les étoiles ne le nommaient pas, et ça n'empêchait pas son cœur de battre sous le ciel, d'être vu par la Lune, d'exister. N'allait-il pas mourir à Ormoy ? N'était-ce pas là son cercueil et le Registre son épitaphe ?

Il y aura un autre 13 mars, tout juste une année après la naissance d'Impatient sur le Registre, une autre naissance qui signera comme une mort d'Impatient, et celle-là fut longue. Nicolas et Louise Lumière eurent un fils, enfin, et contre toute attente, né le 13 mars 1840, à Ormoy, Antoine, frère de Françoise, de vingt-deux ans son cadet, et Nicolas n'eut d'attentions que pour ce fils miraculeux, Impatient se dissipant peu à peu, Impatient gendre et décevant, il n'y eut plus qu'Antoine comme on appela cet enfant tardif, qu'Impatient ne parvint pas à nommer, c'était le même prénom que son père, Antoine, Impatient disant Lechien ou Lemaudit,

Impatient priant, alors qu'il ne croyait plus, mais priant quand même pour qu'il ne survive pas aux hivers, reprendre sa place de fils auprès de Nicolas, mais cela ne vint pas, le malheur frappa autrement, et prit le premier fils d'Impatient, né deux mois après Antoine, qui mourut à la fin de l'été de la même année, et Impatient chaque jour se souvenant du jour de la naissance du maudit enfant de Nicolas, toute l'injustice de voir ce vieil homme pourvu d'un fils et le sien mort, et comme le fleuve reflua en lui comme une mer. Et jamais ne revint. On dit qu'à sa mort Impatient prononça un mot, un seul, la personne auprès de lui n'a pas compris ce mot, mais nous savons.

Nous savons aussi qu'Impatient ne fut pas son prénom. Impatient s'appelait Alexis, Alexis Lansard.

1896,

je saurais pas dire quand je suis morte, on me fait parler en 1896, mais qu'est-ce que j'en sais du jour de ma mort, moi qui n'ai jamais su vraiment écrire, on a guidé ma main quand j'ai signé à mon mariage, le premier, d'autres fois j'ai signé mal mon nom, j'écrivais Lumiaire, c'est du pareil au même, pour ce que ça a changé pour moi ce nom, un fardeau, qu'est-ce que j'ai pas entendu, qu'est-ce que j'ai pas vécu, je saurais pas dire où tout ça a commencé, la vie a continué de débouler comme un fleuve de quand je suis née à ma mort, des fois je me suis noyée là-dedans, dans cette foutue vie de pas grand-chose, vraiment oui, pas grand-chose, à quoi bon, qu'est-ce qu'il y a eu, bien sûr, les enfants, et tout ce qui s'ensuit, je suppose, mais moi, mais nous, quelle misère, je saurais pas dire, je saurais pas mettre des mots comme il faut sur notre vie, nos vies, parce que, à force, j'ai bien cru vivre plusieurs vies en une, et qu'une c'était déjà beaucoup de misère, beaucoup de poids, toutes les fois qu'on devrait mourir, toute cette violence, tout le temps, je saurais pas par quoi commencer, comment que ça court une vie, comment que ça dégringole, on arrive pas à retenir, vous diriez quoi vous,

à un moment, ça a été comme si le fleuve avait gelé, impossible de bouger, on était figés avec les enfants, Alexis et moi, enfin surtout Alexis, toutes ces choses qu'il avait dans la tête, toute cette misère qu'il se faisait à cause que, bon j'étais pas dans sa tête, mais il nous a fait payer de toutes les manières, qu'est-ce que ça me faisait que mes parents soyent partis comme ça avec mon frère, enfin, je dis mon frère mais je sais pas, il est né que j'étais mariée, j'attendais mon premier enfant, et puis cet enfant qu'ils ont eu, un garçon, il faut dire que mes parents avaient eu que des filles, moi et Marie, la plus jeune, ils ont pensé que c'était une chance, ils étaient vieux pourtant pour faire tout ce qu'ils ont fait pour lui, ça a pris le dessus sur tout, mon Alexis était plus intéressant pour mon père, leur arrangement autour des vignes, de terres, Alexis avait investi tout son argent de quand il était parti à l'armée et là-bas, en Amérique, il est plus rien resté, ils sont partis, mes parents et Antoine, c'est vrai que c'était un gamin pas comme les autres, fallait voir comment les parents le regardaient, comment que c'était pas normal, enfin Alexis disait ça, que ce garçon prenait trop d'importance, ça a mis de la haine dans son cœur, il aurait pu tuer son ombre, en plus qu'on avait perdu le nôtre de garçon, Pierre avait trois mois, et ça aussi Alexis il a pris mal, cause qu'il a vu dans les yeux de mon père encore plus de déception, enfin c'est ce qu'il m'a dit Alexis, qu'il s'était senti un moins que rien, que c'était un échec pour mon père, j'aurais pas su dire si mon père avait des reproches, si ça lui avait fait baisser les bras pour nous, pour qu'il décide de tout mettre sur les épaules d'Antoine, mais son époque et la nôtre, celle d'Antoine et celle où on a grandi, c'était pas la même, on n'a pas été élevés pareil, mon père avait de l'ambition, ça il en a toujours eu, il avait cru en Alexis, mais Alexis, c'était un homme pas facile à comprendre, le travail suffisait pas, il y avait autre chose en lui qui le faisait partir ailleurs, dans sa tête, rien à voir avec son frère un peu chose, un pauvre garçon qui s'est occupé de son neveu tout de même, ça Alexis il a pas su faire, mais ses yeux parfois à mon Alexis, je sais pas, ça partait loin, et puis il se mettait à ne rien dire, ça n'avançait pas assez vite pour mon père, on travaillait dur pourtant, mais faut croire que c'était pas suffisant, Alexis il avait les gestes pour la vigne, mais il manquait quelque chose à ses gestes, la grâce peut-être, j'ai vu ça chez d'autres, ces gestes qu'on aurait dit que nos corps devenaient aussi la vigne, ça me faisait penser à deux danseurs des fois, quelque chose de spécial, moi ça me suffisait, du moment qu'il y avait de quoi manger, voir venir, et puis j'aimais ces gestes répétitifs, je pensais à rien, c'était mon corps, il savait, les mains, tous ces gestes qui me venaient de loin, j'ai pas connu mes grands-parents mais eux aussi savaient faire, tout ça qui descendait jusqu'à nous, encore et encore, on se coulait dans leurs gestes, mais après moi ça s'est arrêté, j'ai clos la cérémonie des gestes, des savoir-faire, ça devient quoi, ça disparaît, mon père y s'en serait contenté de nos vies s'il y avait pas eu Antoine, mais il y a eu Antoine, et mon père voyait des choses chez lui qu'on voyait pas, peut-être qu'on leur avait dit qu'il deviendrait quelqu'un d'important, et qu'ils attendaient le moment, quelque chose que leur aurait dit une diseuse de bonne aventure, il en démordait pas, il brodait des tas de trucs sur lui, il en était fier fallait voir, pour sûr il était différent, il dessinait, il chantait, il absorbait le monde, tout ce qui l'entourait, il apprenait très vite, ça oui il allait vite, des éclairs dans ses yeux, il pensait vite aussi, depuis tout petit, je crois qu'Alexis il supportait pas de voir comme tout lui était facile à ce môme, c'est comme si qu'il avait pris la vie de notre fils, que c'était lui qu'aurait dû mourir, pas Pierre, mais bon, la vie quoi, comme elle est, et c'est vrai, je comprends mon père et ma mère, ils ont pensé qu'Ormoy allait être étroit pour Antoine, il fallait quelque chose de grand, à sa mesure comme on dit,

Alexis, ça l'a fait sortir du dedans de la vie, ça l'a mis de côté, l'a laissé filer le fleuve, il disait que le fleuve s'était arrêté en lui, mais je dirais pas ça, je dirais qu'Alexis s'est échappé de la vie, de nous, et il a été plus qu'amertume, il a plus été le même, c'était trop, quand mon père a tout vendu, on croyait pas ça possible à l'époque, mais faut croire que si, Alexis était bien parti lui aussi, je comprenais qu'il soye pas content de la vente, de ce que ça a changé dans notre vie, mais qu'il en veuille à mon père de partir, après tout c'est ce que lui-même avait fait, il aurait pu comprendre, il était de ces hommes qui pensaient faire autre chose de leur vie, ça sortait de l'ordinaire de ne pas se contenter de ce qu'on avait, le pays changeait, et ses hommes avec, le cours des choses, le cours du temps, mais c'était de la jalousie, mes parents voulaient le meilleur pour leur fils, même vieux comme ils étaient, ils s'étaient sentis capables de tout quitter, tout vendre, et de partir à Paris, comme ça, ils connaissaient personne, vaguement quelqu'un, mais ils étaient faisants, faut croire qu'ils l'ont aimé ce gosse, ils en ont pas tant fait pour nous, Marie et moi, des filles c'est vrai, mais mon père s'est quand même bagarré pour qu'Alexis retrouve son nom et m'épouse, il y avait l'argent dans tout ça, il m'avait placée auprès d'un homme qui semblait avoir de l'avenir, qui était quelqu'un dans le village, un homme qui avait voyagé, même s'il était pas facile, c'était un homme fier mon père, et aujourd'hui, d'où je parle, d'où vous me faites parler, je sais que leurs sacrifices, à mon père et à ma mère, ont permis que tout ça arrive, qui sait ce qui serait advenu d'Antoine Lumière et de ses fils si mes parents n'avaient pas quitté Ormoy, n'avaient pas poussé leur fils, encouragé ses talents, qui sait, et s'ils avaient renvoyé Antoine chez nous et pas chez Marie, quel rôle on aurait joué, Alexis aurait pu mal le traiter, mais c'est lui qui a été détruit, cette décision de partir, ça a tué quelque chose chez nous, c'est tout emmêlé nos vies vous trouvez pas, en tout cas, Antoine, pour ce qu'il en a eu à faire de nous, de sa famille, rien, j'ai eu l'impression à la fin de ma vie d'être née sur la branche pourrie, comment c'est possible tant de différences entre un frère et une sœur, entre gens de même famille, plus il a brillé, plus on est tombés dans l'ombre, comme une malédiction, sa naissance a entraîné la mort de notre fils, ça a commencé là le malheur de notre vie, c'est l'effet que me fait mon nom, et ça a peut-être continué après moi, cette misère, je sais pas,

je saurais pas dire si Alexis a des choses à se reprocher dans tout ça, s'il avait fait autrement, s'il avait su s'y prendre mieux avec mon père, est-ce que nos vies auraient été différentes, ça lui a fait drôle que mon frère soye né un an après le procès de Vesoul, ce 13 mars, le jour où on lui a redonné son nom, ça l'a travaillé, et ça a été retranscrit dans le Registre le jour de mon anniversaire, comme s'il était lié à notre famille, et lui qui se cherchait un père, un clan après tous ses morts la même année, un malheur après l'autre, c'était misère de voir comme sa famille a été décimée, on n'a pas su, la maladie, la malchance, le mauvais sort, ce qu'on n'a pas entendu, on a dit à Alexis que tout son malheur venait des femmes de ma famille, des sorcières, des guérisseuses, des accoucheuses, qu'il s'approchait trop près de la malédiction, qu'il devait payer son dû, son lot de misères pour m'épouser, et la mort de notre premier, ça l'a ébranlé, j'ai pas l'impression d'être ce qu'ils disent, ni ma mère, j'avais entendu ces histoires, on m'avait raconté, peut-être dans ma famille, les langues fourchues, mais ça a continué, je veux dire, les accouchements, les herbes, les racines, ces sortes de potions, est-ce qu'Antoine a hérité de nos sorcières, un peu ensorcelé, je crois pas, on a dit qu'on était des sorcières pour nous chasser, pour pas qu'on se réunisse entre femmes, on leur faisait peur aux hommes, tout ce pouvoir qui a pris tellement de place, et puis tout qu'est devenu pareil même la langue, j'ai pas aimé la vie qu'elle est devenue avec Alexis, mais j'ai pas aimé non plus comment les choses ont tourné partout, tout ce mouvement, tous ces déplacements, j'étais pourtant fière d'être partie, de quitter Ormoy, enfin, après ma mère, de ces femmes qui osaient partir, c'était avec Alexis, au début, mais après, j'ai appris à partir plus facilement, seule, à tout refaire, ça donnait une force, mais en même temps, je voyais bien que mon corps rapetissait au fur et à mesure, à tel point, voyez, que je sais pas où ni quand je suis morte, personne ne sait remarquez, et ça change quoi, la vie a continué, ma vie n'a pas compté plus que ça,

comment j'en suis arrivée là, comment savoir ces choses, on est mêlés même aux éléments, à la nature, aux guerres, aux désordres, au hasard, tout n'est pas allé si vite, je dirais pas ça, avoir faim, avoir froid, ça peut prendre du temps, ça peut rendre la vie très longue, et puis il y a ces moments où ça casse, où on sait que ça casse, l'air que vous respirez est pas pareil d'un coup, les mouvements sont lents, ça vous pénètre tout le corps, ça vous fait respirer pas pareil, on sait quoi, on sait qu'on vit un moment important, il y en a quelques-uns comme ça dans ma vie, je vais pas tout vous dire non, mais ce moment où mon père et ma mère sont venus nous dire qu'ils partaient, ils avaient déjà tout vendu, sans rien nous dire, et qu'après on a dû déménager de la Grand'Rue pour la rue des Grenouilles, à la sortie de la ville, c'était autre chose, et cette impression de boue, mais ce jour qu'ils sont venus, Alexis et moi on était à se préparer pour partir dans les vignes, et eux, ils s'étaient mis beaux, ils ont dit comme ça On part, on s'est regardés avec Alexis, on comprenait pas, mais on sentait que c'était important vu comme ils étaient habillés, et puis leur gêne, bien mis et mal à l'aise, sûr qu'ils étaient pas à l'aise, ils nous auraient mis un coup de maillet sur la tête ç'aurait été la même chose, nous dire du jour au lendemain qu'ils quittaient Ormoy pour Paris, sans prévenir, sans parler avec nous de leurs idées, mon père il a juste dit Vous allez changer de patron, il a déposé quelques pièces sur la table, et pour de vrai c'était un peu humiliant, on avait plus l'impression de faire partie de la même famille, c'est là que ça a commencé, que la famille s'est séparée, ma mère parlait pas, mais je savais qu'elle était d'accord, qu'elle voulait le mieux pour Antoine, Alexis a fait comme s'il comprenait pas, il a demandé des explications, mais il y avait rien à comprendre, le monde à conquérir était pas là, pas à Ormoy ni autour d'Ormoy, fallait aller à Paris pour ce petit chéri, il lui fallait des enseignants, qu'ici il y avait rien que le monde ancien, et qu'Antoine il devait s'élancer dans l'avenir, et que c'était maintenant, tous les deux savaient au fond d'eux-mêmes, il a dit ça mon père, au fond d'eux-mêmes, que c'était ce qu'ils devaient faire, sauf que nous ils nous avaient pas consultés, ils nous sacrifiaient pour leurs rêves d'Antoine, et Alexis disait qu'Antoine n'était peut-être qu'un rêve, et que tout ça allait s'effondrer, c'était tout ce qu'il leur souhaitait, furieux et aussi humilié je crois, je revois son visage abattu qu'a pris le dessus sur la colère, il a dû sentir ce moment qui casse, lui disait plus tard que son fleuve s'était arrêté à ce moment-là, c'est des images tout ça, mais la chose est la même, de ce moment, on a eu que de la misère, on en a voulu aux parents, à Antoine, on voulait plus en entendre parler, je les ai embrassés quand même, c'était mes parents, j'étais pas sûre de les revoir, et je les ai jamais revus d'ailleurs, Alexis leur a tourné le dos, il a jeté les pièces contre la porte quand ils sont sortis, elles auraient pu traverser la porte, l'élan de la colère, on n'a pas vu Antoine, il a pensé que c'était pas important de nous dire au revoir, je crois que, comme mon Alexis, il se sentait étranger à peu près à tout, à Ormoy, à notre famille, à nos vies, sauf qu'Alexis il est revenu avec son fleuve, mais pas Antoine, il a tout emporté, et nos vies, et notre avenir, et nos destins, on comprenait qu'on était des gens du passé, qu'on était pas dans l'élan de l'avenir, qu'on comprenait pas notre époque, après, c'est vrai, on a toujours couru, on a essayé, comme si qu'il y avait quelque chose à rattraper, mais c'était trop tard, ça a toujours été trop tard pour nous,

alors bien sûr je vois aujourd'hui qu'ils ont eu raison, qu'Antoine il avait quelque chose de vraiment spécial, toutes ces inventions et la fortune, notre nom connu dans le monde entier, un nom que j'ai porté sans jamais savoir l'écrire comme il faut, alors est-ce qu'il m'a appartenu, c'est comme le nom d'Alexis, qu'on lui a pas donné mais qu'il a dû réclamer comme un objet perdu, que j'ai pris quand je suis devenue sa femme, mais c'est bizarre, je crois pas avoir adopté ce nom-là, Lumière j'ai mis le temps, mais à la fin j'ai su l'écrire, il m'a fallu toute une vie pour qu'il soit un peu à moi, et puis plus tout à fait, l'est devenu autre chose avec les deux frères, mes neveux, et puis ça s'est presque éteint, enfin je dis neveux mais, ça veut pas dire grand-chose, on s'est jamais connus, qu'est-ce qu'Antoine a pu leur dire sur sa famille, d'où qu'il est parti, ce que ses parents ont fait pour lui, jusqu'au bout, ils en sont morts, s'ils étaient pas partis, mais ils sont morts, ils ont tout sacrifié, ils ont dit à Antoine de quitter Paris, ils y étaient depuis quelques mois, et puis y a eu l'épidémie de choléra, et ils ont dit à Antoine d'aller chez Marie, ma sœur, pas chez moi, mais chez Marie, elle l'a pris avec elle, à Marcilly-le-Hayer, pas chez moi, pas chez nous, c'était plus près de Paris c'est vrai, mais justement, le choléra l'aurait pu venir jusque chez ma sœur, ils nous en voulaient donc tant, Alexis aurait pas voulu, j'ai fini par savoir, mon père et ma mère sont morts du choléra presque ensemble, presque en même temps, Antoine avait quatorze ans, ils l'ont protégé jusqu'au bout, ils ont su quoi faire, ils ont toujours su quoi faire pour lui, le bon moment, à chaque fois, d'où ça vient, comment savoir, est-ce qu'ils étaient guidés, comment ils ont su, comment ils ont pu tout sacrifier pour un enfant, pour quelque chose de plus grand pour lui, on a pas ça nous, on a pas su avec les nôtres, Antoine a appris à peindre des enseignes, Alexis m'a dit qu'il avait vu mon père regarder longuement un homme peindre des enseignes à Vesoul, est-ce que déjà il savait quelque chose, est-ce qu'il a indiqué la route à Antoine, parce qu'il avait été impressionné par ce qu'il avait vu à Vesoul, comment savoir, ces petites choses qui entrent dans nos yeux sans qu'on sache et qui fabriquent nos destins, et d'aller chez ma sœur, c'était rencontrer le fils de cet instituteur et les livres de sciences, l'aurait pas eu ça avec nous, nous c'était la vigne, la terre, pas grand-chose d'autre, même si Alexis aurait pu lui apprendre des choses, ses voyages, le grand fleuve d'Amérique, ça aurait fait d'Antoine quelqu'un d'autre pour sûr, ça aurait peut-être tout changé, mais ça a été chez Marie, et ça a été la peinture des enseignes, et puis tout le reste, ça a mis des trucs dans la tête d'Antoine, ce que vous savez, la photographie, le cinéma, ce que je sais maintenant, d'où je suis, parce qu'à l'époque j'aurais pas su ces mots, j'aurais pas su ce que ça disait, mais moi je suis morte, et peut-être morte avant d'être vraiment morte,

peut-être que je suis morte dans un fossé dans mon pays franc-comtois, peut-être que je suis morte dans une rue de Paris, peut-être que je suis morte le jour de la première projection du cinématographe boulevard des Capucines dans les beaux quartiers, peut-être que quelque chose m'a reliée à mon jeune frère sans savoir, peut-être que c'était pas très loin, mais je dirais pas ça, qu'est-ce que j'aurais été faire par là, de toute façon c'est pas important, c'est juste des vies bout à bout, le sort choisit celle qui, la mienne mérite pas grand-chose, qu'est-ce qu'on peut en dire, ce qui s'est mis en travers de nous, ce qui s'est passé, le départ des parents d'Ormoy, est-ce que ça a instillé le poison de la révolte en nous, chez nous, et chez ceux qui nous ont suivis, Antoine est-ce que tu as eu du chagrin, est-ce que tu as senti que c'en était fini de ton lien à nous, parce que tu as eu beau t'éloigner, te forger un destin autre que ta famille misérable, nous étions de ton sang, qu'as-tu fait de ces mois loin des tiens, es-tu revenu à Ormoy, Jonvelle, même si tu étais un tout jeune homme quand tu es parti, c'est pas possible que tu aies oublié d'où que tu venais, est-ce que l'une de tes filles me ressemble, ou à notre mère, j'ai envie de croire Antoine que tu nous as pas oubliés, qu'il est resté quelque chose de nos parents, de moi, dans ce que tu as créé, des traces, ton Louis est-il le prénom de Louise notre mère, France le prénom de ta fille pour lui rappeler mon souvenir, pas trace de notre père non, six enfants nés loin de nulle part, quand moi j'ai donné le Nicolas de notre père à mon second fils, on peut pas mourir comme ça Antoine, sans que personne pense à nous après, sans que personne nous pleure, je suis morte seule Antoine, je crois bien que j'étais seule, mon deuxième époux est mort un an après notre mariage, Alexis mort depuis longtemps, nos dernières années ensemble que d'errance, je sais pas si on a été jamais heureux, mais c'est pas important, on a eu notre chance, je suis morte seule Antoine, mes enfants ont pas su dire quand ni où, ont pas pu me pleurer mais on était déjà si loin les uns des autres, j'avais disparu depuis longtemps de leurs vies, j'ai laissé de trace nulle part, sinon peut-être un Registre qui dira rien à personne, qui viendrait le lire, j'irai pas réclamer ma mort, son jour et son heure, je ferai pas de procès à la vie ni au Registre, peut-être que je suis morte inconnue, peut-être qu'on a pas su mon nom et que j'ai été jetée dans une fosse, inconnue, mais si je pouvais, je ferais pas tout de même un procès pour inscrire mon nom dans le Registre des morts, à quoi bon, qui se souviendra de moi, de nous, qui s'est soucié de nous, on est pas des héros, des rois ou des reines, la révolte nous a pris à la gorge à la fin, ça nous a dévorés de colère la misère, comme une foule en nous,

des années de soubresauts qu'ont marqué nos corps et nos vies, c'était là, les révolutions, les révoltes, on devenait des hommes et des femmes à part entière, je veux dire, on l'était, mais plus ça allait, plus ça prenait du poids, plus on pensait qu'on pouvait vraiment compter, c'était comme un fleuve en nous qui nous reliait, de génération en génération, de région en région, ça nous forgeait, et parfois ça débordait, et parfois ça se soulevait, nos vies étaient faites de ça, se modelaient avec les révoltes, et même si ça avait lieu à un autre endroit du pays, à quelques années d'écart, ça nous revenait quand même, ça mettait du terreau au fond de nous, peut-être que ça aussi ça a mis des idées dans la tête de mon père et de ma mère pour Antoine, pensaient qu'ils seraient plus autant écrasés, Alexis ça l'intéressait pas, Alexis avait vu d'autres choses, un autre monde, et celui-là lui convenait peut-être pas, mais il voulait faire avec, il voulait de l'ordre, il voulait que notre communauté se suffise à elle-même, prendre les armes quand c'était nécessaire, défendre nos intérêts, c'était un bagarreur Alexis, mais c'était Alexis, moi je me gardais de rien lui dire, je pensais qu'on pouvait espérer mieux, je voyais pas pourquoi on devait se tuer comme ça à la tâche pour pas grand-chose, rester entre nous, est-ce que ça ne devait pas être mieux pour nos enfants, et même si j'aimais mon pays, même si j'aimais me perdre dans les forêts, même si on avait fini par trouver de quoi vivre correctement, même si tout était fragile, mais on s'était fait une raison pour mon père, ma mère et Antoine, on avait appris la mort de mes parents, Alexis l'a pas dit à voix haute, mais je crois qu'il pensait que c'était mérité, qu'ils payaient leur orgueil, on savait Antoine de retour à Paris, Alexis serrait les dents, on prononçait plus son nom, c'était pire que s'il avait été mort, c'était comme s'il avait pas existé, toute cette période de notre vie aussi, et notre premier fils, tout ça, enterré, oublié, ça s'était apaisé, on pensait que ça allait être mieux pour nous, on avait du travail, notre lopin de terre, et puis, c'est arrivé, comme un malheur de plus, comme si que ça devait jamais s'arrêter, sauf à mourir, tout s'est effondré,

on a dû quitter Ormoy, je sais pas comment c'est arrivé, je sais pas avec qui, elle l'a jamais dit, on a eu beau la frapper, elle a rien dit, c'était enfermé en elle, elle a dit comme ça, Je suis enceinte, dix-sept ans, notre aînée, Marie, au même âge que je me suis mariée à peu près, sauf que elle, elle se mariait pas, elle couchait et elle allait avoir un enfant, j'aurais pu le faire passer, ma mère était ventrière, comme sa mère, elle m'avait appris de ces choses que je pouvais plus pratiquer, on était des sorcières comme ils disaient, et puis les hommes se sont mis à vouloir accoucher les femmes, alors que c'est une histoire de femmes, ça avait toujours été ainsi, quelque chose entre nous, mais on nous a volé ça, ce savoir ancien, on avait pas appris dans les livres, mais c'étaient des gestes de toujours, qui venaient de très loin, et quand j'ai quand même accouché ma fille, quand j'ai sorti l'enfant de son ventre, j'étais fière, j'avais l'impression d'avoir accompli des gestes du fond des âges, on avait ce pouvoir-là, on avait appris aussi les herbes et les racines, j'aurais pu faire passer cet enfant si on avait remarqué plus tôt, c'était trop tard, et ça allait être la honte sur nous, Alexis se maudissait et maudissait notre fille, et ma famille, de tant de honte, de tant d'échecs, comme si de m'avoir épousée avait été le lit de son enfer, Je n'aurais jamais dû revenir du Mississippi, j'aurais dû rester de l'autre côté, Vous êtes des femmes maudites, de maudites sorcières il a dit, et il avait jamais dit ça avant, pas comme ça, sa colère était rentrée, il se bagarrait ailleurs, il buvait parfois, mais ça non, comme quelque chose de trop, J'aurais pu me passer de nom, j'aurais pu me passer de t'épouser alors, mais j'ai pris ce nom, et je t'ai prise pour femme, et aujourd'hui ce nom est sali, Il va falloir partir il a dit, et comme je voulais la paix, j'ai rien dit, on est partis, il a fallu quelques jours, guère plus, nos vies valent pas grand-chose, j'ai dit au revoir à mes ormes, partis de nuit comme des voleurs, tous les cinq, et je ne suis jamais revenue à Ormoy, je croyais pas ça possible, et ça a été Rougeux, pas très loin, mais assez pour que Marie soye pas montrée du doigt, assez pour que notre famille soye pas noyée de honte, j'aurais pu pourtant leur tenir tête, c'était pas la première fois ces histoires, d'autres filles au village, et dans notre famille, on doit notre nom Lumière à un fils illégitime, c'est bien comme ça que des familles se font, mais Alexis pouvait pas, c'était trop d'humiliation, c'était pas discutable, J'aurais dû mieux la surveiller qu'il a dit, sauf qu'elle, elle a rien dit, qui dit qu'on l'a pas prise de force, elle s'est tue, aussi silencieuse que son père, et la route s'est faite en silence, et la vie a continué en silence, on s'est installés dans ce lieu-dit La Vengeance, loin de tout et des regards, et c'était étrange de vivre à cet endroit, je veux dire ce nom, La Vengeance, qui se vengeait de nous, la vie avait-elle pas eu assez de nous, il lui fallait quoi en plus, Alexis était garde-barrière, on se relayait, ces trains c'était quelque chose, comme le monde nouveau qui nous traversait les corps, des fois s'arrêtaient, ça nous amenait des nouvelles, ça nous reliait à grande vitesse aux autres villes, à Paris, je voyais bien que Marie ça la faisait rêver, et à quoi donc pouvait-elle rêver d'autre, fille mère à dix-huit ans, coincée à La Vengeance, il y avait la poussière, des animaux morts sur les voies, elle se montrait le moins possible, je savais que je pourrais pas la retenir très longtemps ici, alors qu'Alexis finissait par aimer cette solitude, il se sentait plus important, il devenait un autre homme aussi, mais je voulais pas rester à La Vengeance, ce nom me faisait peur, je sentais d'autres malheurs à venir, j'ai dit à Alexis qu'on devait partir, mais y a rien eu à faire, alors quand Marie a eu son petit, un garçon qu'elle a appelé Edouard, et d'Edouard on en connaissait pas à Ormoy, on a pas su qui était le père, j'avais espoir, et Alexis aussi, pour la faire épouser, mais Marie était jeune femme têtue, et elle a dit Je pars, je vais à Paris, j'ai été fière d'elle, je l'ai pas dit à Alexis, je sentais cette force qu'elle avait toujours eue en elle depuis petite, et je savais que ça venait de moi, de mon sang, j'ai dit alors que j'irais avec elle, Alexis a discuté un peu, mais pas tant que ça, j'ai été étonnée, lui et son ordre, j'ai dit que je prendrais les plus jeunes avec moi plus tard, que je devais aider Marie, que c'était pas définitif, mais je suis pas revenue, on aurait dit que je quittais Alexis, mon époux, j'ai pas bien compris sur le moment, peut-être que lui non plus, mais on était fatigués de nos vies, je crois qu'on prenait le fil comme il se déroulait, sans trop savoir ce qui allait se passer, ni ce qu'on en ferait, je me disais que je voulais faire quelque chose de bien pour ma fille, comme mon père et ma mère avec Antoine, pas pour qu'elle nous sauve nous, mais pour l'aider à faire mieux que nous, j'ai pris ça pour une chance pour elle, moi aussi je pouvais me sacrifier pour mon enfant, et mon petit-fils, moi aussi je pouvais changer les choses avant de les subir, je savais pas que je reverrais pas Alexis, je pensais bien revenir quand même, mais, ça s'est passé comme ça, il y a eu Paris, la butte Montmartre, c'était vers 1860, ça m'a paru grand longtemps, tout ce monde, toute cette agitation, pas assez d'arbres, ma vie m'a paru encore plus moins que rien, j'avais beau essayer c'était jamais assez, tant de misère réunie, mais j'étais là pour ma fille et le petit, je me salissais plus autant les mains, c'est sûr, j'étais couturière, j'apprenais d'autres gestes, Marie était domestique, ça a été autre chose, c'était aussi beaucoup de travail, beaucoup de misère, et puis il y a eu cet homme pour Marie qu'elle a épousé, un ouvrier, et qui a donné un nom à Edouard, alors j'ai pensé qu'il était temps de partir, ça faisait deux ans, j'avais pas revu Alexis, mes autres enfants étaient restés là-bas, ils étaient grands, j'avais pas de nouvelles, ça a coupé quelque chose mon départ, j'ai dû travailler encore un peu pour faire le voyage, ma fille m'a pas retenue, elle avait sa vie, ça s'est passé comme ça, mais y avait plus personne à Rougeux, j'ai fini par savoir qu'Alexis s'était fait embaucher dans une fabrique, il était devenu ouvrier dans une vallée, dans les Vosges, il s'était éloigné un peu plus, il y avait toutes ces usines de métallurgie, je crois qu'il fabriquait des clous, je l'ai pas rejoint, je me suis dit qu'il m'avait pas attendue, qu'il voulait plus de notre vie à tous les deux, et comment lui en vouloir s'il pensait que j'étais la source de tous ses malheurs, ça s'est passé comme ça, j'avais plus trop d'argent, j'ai fait un peu de vigne, un peu de couture, je suis pas retournée à Ormoy, je suis revenue une fois à Paris, Marie m'a appris la mort d'Alexis, elle avait eu des nouvelles de son frère et de sa sœur, mais pas moi, est-ce que j'ai fait les mauvais choix, j'ai fini par abandonner tout ça, je les ai laissés vivre mes enfants, j'ai pas insisté, j'ai continué des travaux laborieux jusqu'à une ferme, j'ai épousé Jean-Baptiste qu'était aussi veuf, on vivait déjà un peu ensemble, ça s'est passé comme ça, mais il est mort un an après, c'est là que je perds ma trace, c'est là qu'on sait pas ce que je suis devenue, ni où ni quand, mais je suis morte loin de mes enfants, ça s'est passé comme ça,

j'avais pensé pourtant que je les verrais une dernière fois au moment de mourir, pas en vrai, ça non, je savais que non, c'est pas eux que j'ai vus en quittant ce monde, ma dernière image c'est celle d'un orme, celui penché au-dessus de la maison, à Ormoy, et puis lui, que j'ai vu à mon dernier souffle, il souriait, je saurais pas dire si c'était à moi ou juste comme ça, il a ouvert la bouche pour parler, mais c'était muet, qu'est-ce que tu me disais Antoine.

1872,

Tu poses. La tête appuyée sur ta main droite. La gauche sur la hanche. Tu as la tête de ton époque. Le cheveu épais, bouclé, abondant. Moustache et barbichette. Tu ressembles à un mousquetaire. Tu es donc debout mais penché. Tu poses. Accoudé à un appareil photographique sur pied (il y en a deux) (sous des draps de velours). Tu portes un costume simple. Pas très élégant. Pas très riche. Ton vêtement n'est ni trop grand ni trop serré. C'est ton costume. C'est bien le tien. Celui taillé à ta mesure. Tu n'es pas de ces hommes qui enfilent un costume trop large pour leurs épaules. Tu es toi. Tu as quelque chose de bohème. Et la photo a ce quelque chose de bohème, de foutraque. Un bazar organisé. Tu poses mais. Tu es ailleurs. Dans le travail. Dans le pratique. La chaîne de ta montre à gousset apparaît sur ta poitrine (la montre dans une poche, sur le cœur) (on se souvient d'une légende, celle du vol d'une montre à Ormoy qui t'aurait fait quitter la ville, mais l'hypothèse ne tient pas). Tu as trente-deux ans. La photo indique 1872. Forcément c'est une photo en noir et blanc. Tu ne le sais pas encore mais c'est ton fils, Louis, qui inventera la photographie en couleurs. Une obsession. Son obsession. À l'époque de cette photo, Louis a huit ans, mais c'est Auguste l'aîné (il a onze ans), Jeanne deux ans. Et peut-être que Mélinie-Juliette est en route. Vous aurez six enfants. Toi et Jeanne-Joséphine. Tu l'as épousée à vingt et un ans. Et tu fus père pour la première fois à vingt-deux ans. Vite. Tu vas vite. Tu as une vie à vivre. À remplir. À créer. Jeanne-Joséphine est blanchisseuse quand tu la rencontres. Tu n'es pas de cette ambition fausse qui te ferait épouser une femme bien dotée. Un milieu déjà installé. Peut-être que tu ne saurais pas d'ailleurs. Non. Toi tu veux t'inventer. Mais tu ne le fais pas seul. Ta famille sera aussi une création. Parti de rien. Tu lui feras hisser les marches vers la fortune, une par une. Orphelin à quinze ans, tu considères sans doute que tu n'as plus de famille (même s'il y a bien deux sœurs). Il te faut donc bâtir une base solide avant de te lancer. Une femme. Des enfants. Un clan. Mieux, une tribu. Ton travail sera une histoire de famille. Tes inventions seront une histoire de famille. Ta vie est une histoire de famille.

Tu es beau. Tu sembles doux. Tu as l'œil rieur. Souriant. Tu poses. Tu es au bord du cadre. Et toute la photo n'est que la photo d'un homme qui pose pour son outil de travail. Un atelier de photographie. Une folie. Un pari. Tu y crois. Il t'aura fallu dix-sept ans pour en arriver là. Né du sacrifice de tes parents. Votre départ d'Ormoy. Pour toi. Quitter les vignes pour Paris. Et puis le choléra quelques mois plus tard. Ils te protègent. T'envoient chez ta sœur Marie dans l'Aube. Et ils meurent du choléra. Est-ce que tu décides alors d'être à la hauteur de ce qu'ils ont fait pour toi ? Est-ce que tu t'enjoins de réussir à tout prix ? Secrètement. En leur nom. Et tous ces enfants à naître, six, est-ce pour prolonger leurs vies sacrifiées. Portais-tu une dette Antoine ? Une revanche ? Chez Marie, au village de Marcilly-le-Hayer, tu fais la connaissance d'Onésime, le fils de l'instituteur. Avec lui, tu as accès aux livres que l'on te prête. Tu les dévores. Un monde s'ouvre à toi. Tu te transformes. Tu te crées. Tu fais ton œuvre. Et tu retournes à Paris à quinze ans. Il n'y a plus de choléra. Il n'y a plus de parents. Mais tu te trouves un apprentissage chez un peintre d'enseignes, Auguste Constantin. Cet homme te prend sous son aile. Cet homme voit en toi plus que tu ne te vois. Il voit sans doute très loin. Comme tes parents avant lui. Il paiera la somme de deux mille francs pour t'éviter le service militaire. Il t'achète un remplaçant (t'es-tu demandé qui, t'es-tu demandé qui était parti à ta place, quel destin a changé pour quel homme, déjà tu franchissais un autre monde, jamais tes parents, sans doute, n'auraient pu payer une telle somme) et tu poursuis ta formation. Tu deviens peintre d'enseignes. Et c'est toi qui créeras l'enseigne géante du photographe Nadar. Le logo rouge. Au 35 boulevard des Capucines. Sans savoir que tu reviendras sur ce même boulevard en 1895 pour tourner la manivelle du cinématographe lors de la première projection publique d'un film. Mais à ce moment de l'enseigne de Nadar, tu as vingt ans. Tu vas te marier. Et tu rêves d'autres choses. D'un autre destin. Vous quittez Paris pour Lyon, puis Lyon pour Besançon. Les premiers enfants. Tu suis des cours de dessin à l'École d'art industriel. Tu travailles. Tu apprends. Tu ne parviens pas à te contenter de ce que tu es. De ce que tu as. Tu dois gagner ta vie, mais tu cours après une autre vie. Tu enseignes le dessin, tu te formes à la photographie. Tu y vois là un avenir. Ton avenir. Peut-être es-tu obsédé par l'idée de représenter le réel. Le dessin ne suffit pas. Le dessin n'est pas assez proche de l'idée que tu te fais du réel. Tu veux saisir autre chose. Tu te fais photographe ambulant. Tu poursuis un rêve. Et tu fais des enfants. Jeanne. La troisième. Et puis 1870. La guerre. Il faut quitter Besançon. Il faut s'éloigner. La Prusse. Vous déménagez à Lyon. Alors. Un nouveau départ. Tu crées ton premier studio dans un baraquement en bois.

C'est là. C'est cette photo. Ce que ne dit pas la photo, c'est le lieu un peu misérable. Mais toi tu y crois. On le voit sur la photo. Il y a cette sorte d'assurance. De tranquillité. Tu es confiant. Tu te construis. Tu construis ta vie pierre par pierre. Pas à pas. On ne t'arrêtera pas. Obstiné. Tu possèdes la force de ceux qui ont tout perdu. Qui repartent de rien. Et parce qu'ils ont déjà tout perdu, ils n'ont pas peur de perdre de nouveau. Pourtant à un moment tu flancheras parce que, sans doute, tu possèderas un peu plus. C'est le pari de ta vie. À cette époque, celle de la photo de 1872, on dit de toi que tu tirais le diable par la queue, mais que tu étais le meilleur garçon du monde. Tu étais alors un très modeste photographe, quelque peu artiste, doué d'une superbe voix de basse. On ne l'a pas évoqué jusque-là. On ne dit pas que tu chantais Antoine. Pour le plaisir. Mais aussi pour gagner ta vie. Pour boucler les fins de mois difficiles. Tu te faisais parfois chanteur au casino où tu t'étais spécialisé dans les chants patriotiques. Alors voilà cet homme sur cette photo. Il est une promesse encore. Mais tout est en place. Cette photographie incarne le tournant du destin familial et d'une époque. D'un siècle même.

Deux appareils photo énormes sous des draps et sur pied (en bois). Les énormes objectifs sortent des draps. Aux airs curieux. Aux pieds, dans un désordre sans doute savamment orchestré, des fioles, un entonnoir, une boîte de pinceaux, une balance et ses poids, le portrait photographique d'un homme, un peu caché (est-ce toi ?), un fauteuil (pour poser), un album de photos debout pour apercevoir quelques portraits, une lampe, et au centre (devant le portrait de l'homme), une petite enseigne. *Antoine Lumière, peintre-photographe, rue de la Barre, à côté de l'École de Médecine, Lyon*. Oui, vraiment, tout est en place. C'est cette photo qui sera placée dans les vitrines des boutiques lyonnaises pour te faire de la publicité. C'est ta posture qui est étonnante. De celle qui attend. Patient. Qui ne regarde pas l'objectif. Qui regarde de côté. Tu proposes des portraits, mais toi, tu ne poses pas comme pour un portrait. L'essentiel est ailleurs. C'est l'outil de travail. C'est lui le centre de la photo. C'est lui le héros. Tu ne possèdes pas d'égo au point de te mettre au centre (sauf peut-être la photo d'une photo, celle de cet homme derrière l'enseigne, mais le doute est permis, et si cela était, si c'était toi, tu es presque caché par l'enseigne, le portrait est coupé, tu ne serais pas entièrement pris par le portrait). Tu poses sans poser. Tu donnes une impression de prise sur le vif. On me prend en photo mais je regarde ailleurs. Je suis ailleurs. Et peut-être qu'en effet tu es là sans être là. Peut-être que cet atelier est déjà derrière toi à peine commencé. Tu es un artiste Antoine. Tu dois gagner ta vie. Donc la photo. Avec tout ton talent. Mais tu as besoin d'aller plus loin. Tu penses à ce qui vient après. À ce que tu pourrais créer encore. Tu es bord cadre sur la photographie comme tu seras bord cadre dans ta vie. Tu remplis l'espace ras la gueule de la photo comme tu le feras de ta vie (des enfants, des inventions, des chants, des maisons). Tu remplis ce creux intérieur. Ce trou noir. Tu lestes ta vie. Tu fais peser de tout ton poids l'existence (est-ce que tu veux laisser une trace, inscrire ton nom quelque part comme sur tes enseignes, comme tes initiales, plus tard, beaucoup plus tard, sur la façade d'une de tes maisons, quelle drôle d'idée Antoine, avais-tu peur de l'oubli, de la disparition) (ta disparition). La chance commence à tourner. Tu crées des plans pour construire un studio photo avec salon de réception, laboratoire, vitrine où tu exposes des portraits de personnalités. Tu as du talent. Et les clients arrivent par centaines. Tu te bâtis une belle réputation. Tu réussis. À tel point que quelques années après cette photo, oh pas très longtemps, six ans et une enfant plus tard, tu participeras à l'Exposition universelle de 1878. C'est la IIIe République. Ça ne t'intéresse pas plus que ça ces affaires d'hommes. Il faut le dire. Tu regardes ça d'un peu loin. Mais tu verras de près la tête de la statue de la Liberté qui sera envoyée aux États-Unis pour former la statue au complet. Tu ne sais pas pourquoi mais ça te rend grand aussi. Tu t'intéresses à toutes ces nouvelles constructions pour l'Exposition, le palais du Trocadéro, le palais du Champ de Mars (et le mot palais résonnera en toi plus que de raison). As-tu vu à ce moment-là le praxinoscope d'Émile Reynaud, dernière évolution de l'image animée ? Quelque chose de l'avenir alors a-t-il fait impression en toi ? Il y avait de quoi être impressionné de tant d'inventions, de tant de beauté. Et de faire partie de cette époque-là. Tu sais que tu es un homme d'avenir. Tu vas de l'avant. Tu veux en faire partie. C'est le succès. On se presse à ton studio. Tu peux offrir de brillantes études à tes fils, Auguste et Louis. Et malgré tout, malgré la bonne fortune, Antoine, tu fais une dépression. On n'en saura pas beaucoup plus. On dit que tu es parti à la campagne. Et que tu as laissé le studio à ta femme, très bonne retoucheuse de photos, et à tes fils. Et tu pars. Quelques semaines. Quelques mois. Quels démons Antoine ? Qu'est-ce qui soudain se cabre dans ton histoire ? Qu'as-tu perdu ? Es-tu hanté par quelque fantôme ? Tu ne prends pas de photos de ces instants. Aucun portrait du mal qui saisit parfois. Cette mélancolie. Tu poursuis tes expériences. Vous inventez ce qui fera la fortune familiale. Cette fameuse plaque photographique sèche au gélatino-bromure d'argent. Celle qui rendra possible une production en grande série. C'est Auguste et Louis qui créent à présent. Ils sont joyeux. Inventifs. Curieux. Proches. Tous deux se sont fait une promesse en 1877. Saint-Lunaire, Bretagne. Le serment de la Goule aux Fées. Jurant de ne jamais se séparer et de travailler ensemble toute leur vie. Qu'as-tu su de ce serment Antoine ? Les deux frères épouseront deux sœurs. Et deux de leurs sœurs épouseront deux frères. Tous de la même famille. Des Koehler. Une drôle de tribu que tu as créée là Antoine. Un clan. Tout l'inverse de ce que tu as connu. Toi qui n'as pas eu de frère. Deux sœurs oubliées et beaucoup plus âgées. Autant dire que tu fus fils unique. Et orphelin à quinze ans. Alors bâtir quelque chose de solide. Baliser. Construire. Consolider. Tu es un créateur Antoine. France naît en 1882, et cette même année tu achètes un terrain rue Saint-Victor pour construire une usine. Oui. Une usine. Rien que ça. Ce ne sont pas des idées de grandeur. C'est juste que tu paries sur l'avenir. Mais les choses ne vont pas si bien. Auguste le sent quand tu le convoques sur le chantier. Dans un laboratoire obscur. C'est Auguste qui se souvient. Qui dit. N'osant pas m'entretenir au grand jour de sa situation lamentable. Il dit ça. Lamentable. Il n'avait pu encore arriver à rien avec un passif de 200000 francs. Arriver à rien il dit. Encore il ajoute. Quelle image a-t-il de toi Antoine. D'un pauvre type. D'un parieur. D'un homme incontrôlable. D'un type au bord. D'un artiste. D'un saltimbanque. Car c'est ce que tu es Antoine. Et c'est ainsi que beaucoup te voient. Saltimbanque. Et c'est drôle que ce mot rime avec banque. L'argent t'échappe sans doute. Tu es inventif. Tu te veux homme d'affaires. Et c'est ce que tu es aussi. Mais au bord. Un peu à la marge. Tes enfants ont grandi dans un autre milieu que toi. Toi tu as dû te faire. T'inventer. Tu es un autodidacte. Eux non. Tu leur as tout offert. Et dans ta fantaisie, tu les encourageras, les stimuleras. Ils ne seront pas ingrats. Mais te traiteront sans doute avec une affection parfois sévère. Comme du lait à surveiller pour qu'il ne déborde pas. Et tu déborderas souvent. Cette fois-ci, à ce moment-là de ton histoire, il faut t'imaginer dans la pénombre face à ton fils. Un peu honteux. Dans une usine en cours de construction. Mais qui pourrait être tout autant en démolition. Un entre-deux. Il m'avouait dit Auguste. Se rappelle Auguste. Il m'avouait les larmes aux yeux être menacé de faillite par les créanciers. Avec cinq enfants et sans aucune ressource il se trouvait dans un état de désespoir qui me bouleversa profondément. Nous sommes perdus mon pauvre enfant me dit-il. Antoine de nouveau au bord. Antoine menacé de la misère des siens. Tes fils prendront le relais. Les choses en main. Le duo invente. Encore. Crée des machines pour industrialiser la production. L'entreprise est remise à flot. Ils mettent au point de nouvelles plaques photo vendues dans des boîtes sous étiquette bleue. Elles domineront le marché des dizaines d'années. Fortune est faite. Tu fais un enfant Antoine. Le dernier. Un fils. Edouard. Vingt-trois ans le séparent de l'aîné, Auguste. Comme vingt années te séparaient de ta sœur aînée. En 1890 l'usine embauche une centaine d'ouvriers et d'ouvrières. Tu es encore aux affaires. Tu t'assures que les ouvriers et les ouvrières soient bien traités. Ils sont bien payés dit-on. Il y a des logements. Des soins médicaux. Une assistance aux femmes enceintes. Un livret d'épargne pour chaque employé alimenté par l'entreprise. Peut-être n'oublies-tu pas d'où tu viens. De qui tu viens. Tu seras un bienfaiteur actif à La Ciotat. Là, tu fais ouvrir des livrets de caisse d'épargne à des élèves, filles et garçons d'écoles laïques. Et dans le même temps, tu fais construire un palais. Oui. Un palais d'une quarantaine de pièces. Dont trois ateliers de peinture. Tu as, au dire de tes fils malicieux, la maladie de la pierre. Tu imagines. Tu dessines. Tu bâtis. Tu dépenses. Trop. On fait de nouveau appel à des financeurs. Antoine, tu débordes. On te le dit. Tu es vivant. Tu souffles à tes fils ce que tu as vu à Paris. Le kinétoscope d'Edison. Tu pousses Auguste et Louis à faire des recherches sur les images animées. Tu impulses. Et tu inaugures le port privé de ta propriété de La Ciotat. Et tu y fais amarrer le *Bromure* une grosse barque vapeur (as-tu rêvé des bateaux à aubes du Mississippi ?). Elle apparaîtra dans plusieurs films. C'est là, au Clos des Plages, dans ta propriété, que furent présentés les premiers films auprès d'invités (mais la toute première projection privée aurait eu lieu dans les locaux de la Société d'Encouragement pour l'Industrie Nationale le 22 mars 1895) (le 22 mars est le jour anniversaire de Françoise ta sœur) (et le jour de la reconnaissance officielle d'Alexis Lansard). Des films tournés durant l'été. On est en septembre. C'est tout juste la fin de l'été. On ne le sait pas mais on fait une révolution. Et c'est toi qui tourneras la manivelle du cinématographe le 28 décembre 1895. C'est toi qui présenteras la première projection publique à Paris, boulevard des Capucines (dis tu te souviens). Mais tu sais que ce n'est pas toi l'inventeur. Ce n'est pas toi qu'on retiendra. Ce n'est pas important. Toi tu es l'envers de la tapisserie de tes fils cousus de fils d'or. Comme ton père, ta mère et tes sœurs sont ton envers de tapisserie. C'est ainsi. C'est ainsi que coulent le fleuve et la frise des vies. Trente-trois spectateurs. Des petits films. *L'Arrivée d'un train à La Ciotat. La Voltige. La Pêche aux poissons rouges. L'Arroseur arrosé. Le Repas de bébé. Le Saut à la couverture. La Place des Cordeliers à Lyon.* C'est beau. Tous ces gens morts depuis. Des fantômes. On dira du cinématographe qu'il a vaincu la mort. Parce que plus tard les fantômes nous parleront. On saisit la vie. Le mouvement. La joie. Le cinéma, c'est toi Antoine. Technique. Ouvrier. Artisanal. Artistique. Fantasque. Inventif. Louis fera former des opérateurs qui vont courir le monde. Mille cinq cents films seront tournés entre 1898 et 1905. Louis signera un certain nombre de petits chefs-d'œuvre. On loue encore ses cadrages. Louis envoie des hommes filmer le monde. Y en a-t-il un qui a filmé le Mississippi ? Louis ne souhaite que des tournages à l'extérieur (quand en Amérique on filme en studio) (et c'est comme si les cinémas américain et français se construisaient). Ses conditions sont strictes. Dehors. Et les gens. Il veut que les images filmées montrent au public des moments de vie réelle. Il veut que les spectateurs ressentent devant l'écran presque les mêmes émotions que dans la réalité. Louis finira par se désintéresser du cinéma. Il n'a qu'une obsession. Inventer la photo couleur. Il veut enregistrer la vie autrement.

Toi, Antoine, tu es déjà passé à autre chose. Tu continues de construire. Tu fais bâtir trois villas monumentales au Cap d'Ail, près de Monaco. Au bord de la mer. Un an plus tard, ce sera la villa Monplaisir à Lyon. Celle où il y a tes initiales. A.L. (on lit comme des ailes). On n'oublie pas non plus que tu as acheté plusieurs maisons à Evian pour accueillir la famille, les amis, les clients. Tu es au bord mais tu débordes. Que cherches-tu à remplir ainsi Antoine ? Tu remplis ta vie et tes maisons. Mais cette fois-ci, on te fait démettre de tes fonctions et on t'octroie une rente à vie. Tu as soixante-huit ans. Il te reste trois ans à vivre. Que vas-tu faire de ces dernières années Antoine ? Tu peins. Tu ne construis plus. Tu n'as plus l'argent désormais. Tu rêves. Peut-être te revient ce qui n'est pas tout à fait un rêve. Tu vis à Ormoy. Tu as treize ans. Et tu t'ennuies (d'ailleurs c'est peut-être l'ennui qui a fait que tes parents ont voulu quitter Ormoy) (pour chasser ton ennui). Tu es adossé à un arbre. On peut parier que c'est un orme. Et parce que tu t'ennuies. Parce que ton esprit s'échappe. Comme il l'a toujours fait. Parce que tu veux changer le paysage. Parce qu'on ne sait pas toujours pourquoi les choses surviennent. Toujours est-il que tu les vois. Que tu vois les arbres s'animer. D'abord les feuilles. Puis les branches. Enfin l'arbre tout entier. Et ils dansent, tous ces arbres. Ils dansent sous tes yeux. C'est un ballet. Et toute ta vie, Antoine, tu voudras retrouver cette magie. Ce qui est étonnant, c'est que dans les premières réactions des spectateurs après la projection des films, une chose revenait. Les gens s'étonnaient d'avoir vu les feuilles des arbres bouger. S'animer. As-tu vraiment voulu rendre le réel au plus près, ce qui t'aurait fait passer de la peinture à la photographie ? Ne peut-on regarder les choses autrement ? Parce que ta vie fut si difficile à tes débuts que tu as voulu la réinventer. Réenchanter le monde. N'as-tu pas bâti des palais, un château, un bateau ? N'as-tu pas, comme dans tous les contes, fait beaucoup d'enfants ? N'as-tu pas dansé, chanté ? Tu es mort brutalement en 1911 dans ton atelier d'artiste à Paris. Tu étais revenu là. À la source. Comme tu étais revenu quelques années auparavant à Ormoy. Offrant aux enfants de l'école une lanterne magique. Les enfants ont dit de toi que tu étais un magicien. D'autres pensaient que tu étais un sorcier. Comment savoir.

Nous désirons la guerre

1868,

Edouard ! Edouard ! Et c'est ainsi qu'Edouard nous apparaît (dans sa disparition) dans une foule bigarrée, Poussez-vous on voit rien ! dit la tête de cheval (et celui qui lui répond, quel sorte d'animal, on ne sait trop) Oh allez quoi laisse-la passer ! Et elle passe et elle crie Edouard ! Mais sous les clairons et sous les cris, qui peut bien l'entendre, surtout pas Edouard, elle qui entend à peine sa propre voix, sinon que ça cogne dans tout son corps, résonne de la tête aux pieds, boum boum boum, ça va vite, galop galop galop, le sol bouge, le sol se soulève, la terre résonne dans tout le corps, qui peut alors l'entendre, surtout pas Edouard. Edouard ! Edouard ! Boum galop boum galop ! Et ça crie, et ça rit, et ça vocifère, des têtes d'animaux comme sortis de l'abattoir tout autour d'elle, ne voit plus ce qui est fête, tout se transforme en cauchemar, Edouard ! Elle ne parvient pas à avancer, foule, bête, étouffe, Enfin quoi c'qui c't'Edouard ? Tu vas nous foutre la paix qu'on profite un peu ? Et puis la femme retournée vers elle, et puis elle, tout qui tourne, tout qui vrille, le ciel, la foule, les corps, le sol, les couleurs et la fanfare, à quel moment ça va s'arrêter, Ton Edouard y s'est tiré cause que tu gueules un peu trop fort ! Elle voudrait partir, elle ne peut pas, cette grosse femme la retenant dans sa colère, est-ce qu'elle était obligée, là, est-ce qu'elle n'avait pas autre chose à faire que de la retenir, que de l'empêcher, la grosse femme qui devient la foule, qui devient ce mauvais jour, et tous les autres mauvais jours, qui devient le logis encombré de la rue Florentine, qui devient le labeur quotidien, qui devient l'empêchement d'une vie meilleure (allez savoir pourquoi) (là, à ce moment-là, tout ce qui surgit de sombre et de désespéré) (c'est un rêve mississippien aurait dit sa mère, Françoise, oui mississippien, que de vouloir vie meilleure, une vie bonne pourquoi pas, aurait-elle ajouté, ne pas rêver trop grand pour pas que ça déborde, juste ce qu'il faut) (jamais Marie n'avait entendu ailleurs ce mot-là, mississippien, sauf son père qui disait Mississippi parfois, fleuve grand, furieux, quand il sortait de la bouche de son père, une furie, un cauchemar, ça se déversait) (une foule mississippienne) qui devient la colère, la grosse femme et sa grosse tête et ses gros bras découverts (est-ce parce qu'il avait fait si froid cet hiver) (la neige la glace) (et qu'à présent quelques degrés suffisaient à se sentir au chaud) (est-ce son sang secoué sans cesse aux lavoirs) et son corps robuste comme ceux des blanchisseuses (la voix aussi) Laissez-moi passer. C'est un barrage, un mur, mais elle n'abandonne pas, dit C'est mon garçon Edouard, c'est mon garçon (elle n'avait jamais pu se résoudre à dire mon fils) de sa voix douce, et comment est-ce possible, mais la grosse femme l'entend, la comprend et se transforme d'une montagne en une colline, en une terre plane et douce, elle (la grosse femme) s'écarte, pousse quelques gens devant elle et lui ouvre la voie dans la foule compacte Z'auriez pas vu un garçon, elle demande à la volée, Il est à c'te femme qui l'a perdu, des têtes se tournent, toutes sortes de têtes d'animaux, des chapeaux mais, font non ou rien, et haletante, Marie se fraie un chemin avec ses poings, abandonnant la grosse femme qui domine la jungle d'animaux et d'hommes d'une bonne tête et demie, Edouard ! Elle fend la foule, blouses, costumes, hommes et femmes du dimanche et de la semaine, au coude à coude, des centaines et des centaines, des milliers rassemblés dans les rues pour voir, se faire voir, se faire entendre (peut-être) (encore). Son corps se fait hache, fend les hommes et les femmes jusqu'au boulevard, jusqu'à cette sorte de fleuve, le long duquel la foule massée pour voir, et là, au bord. Respire. Reprend son souffle. Se fait chahuter par un lion et un loup et un roi (de quel royaume) et des hommes déjà enivrés en milieu d'après-midi mais. C'est fête. C'est leur jour, c'est. Et l'on voit défiler les chevaux tirant une voiture transformée en bateau, et sur le bateau des femmes riant, des femmes parées de belles tenues blanches ou scintillantes, des reines sur chaque char, des musiciens, des fleurs, des rubans, des bannières, le cortège des lavoirs remontant les grands boulevards sous les fanfares et la foule hurlante, la joie, carnaval, mi-carême, fête des blanchisseuses (elles sont plus de cent mille sur Paris, carnaval) (des lavandières, des batelières, des buandières, des apprêteuses de neuf, carnaval) (des porteurs d'eau, garçons et patrons de lavoirs, carnaval), fête des grenouilles, carnaval. Marie respire sur le bord du boulevard plein, foutraque, bruyant, mais Marie ne voit pas les mousquetaires à cheval, la fanfare première, un roi, une reine, un char croulant sous les blanchisseuses du jour, costumées (non, on devrait dire, habillées, celles qui, en ce jour de mi-carême, empruntent les vêtements des nanties, des bourgeoises, qu'on leur a donnés à laver – c'est une coutume, celle inventée il y a des siècles qui veut que, le temps d'un carnaval, l'on change de condition, l'on renverse l'ordre établi, les esclaves deviennent maîtres, les enfants adultes, les hommes femmes, un temps où l'on peut se moquer, brûler les puissants, on dit même que cette coutume permettait d'éviter les mouvements de révolte, le peuple se relâchant le temps d'un carnaval –, devenant les reines de Paris, belles donc, imposantes), fanfare seconde, voitures pavoisées, charbonniers et porteurs d'eau endimanchés, Diane chasseresse, Vénus, Minerve (plutôt que reines, des blanchisseuses se font déesses), chants, danses, cris, la cohue de la foule qui se transforme en une vague impressionnante, Marie emportée, rejetée à des mètres de là, une petite rue derrière le monde encarnavalé, Toi ! Une main lourde sur son cou, une autre sur son épaule, elle stoppe net, on la bouscule, on lui fait face, Toi, il a les mains douces de celui qui écrit, la voix de celui qui lit, une rivière, un ruisseau, pas un fleuve, pas une mer, garde tes mains sur moi, Edmé, Edmé (c'est un souffle, ce n'est plus la voix de celle qui cherche désespérément Edouard son garçon), Je l'ai perdu, j'ai perdu Edouard, et Edmé de dire doux, Tu ne l'as pas perdu, il s'est perdu, on va le retrouver, tambours et cornets à bouquin tapant, stridant, dominant un instant, mais il n'est pas besoin de trop de mots entre eux, ils se comprennent vite, l'usage, l'habitude d'une vie à deux, C'est toi, comment allons-nous remonter le fleuve, le descendre, le traverser, pour retrouver mon Edouard (le regard de Marie), mouvements de foule toujours, mouvements de houle, comment penser qu'un seul jour suffirait à calmer la lame de fond de révolte en elle, la foule, comment ne pas penser que cela couvait déjà, être reine d'un jour et roi du carnaval, mais comment ne pas vouloir se détrôner de sa place d'ouvrier, d'ouvrière, comment ne pas vouloir garder les robes embourgeoisées (savent-elles ces bourgeoises que des robes lavées aux lavoirs s'entachaient discrètement de crachats et de cris postillonnés après elles, celles de la haute), les masques tomberaient, on se le disait, on ne savait pas quand, mais on se fabriquait déjà d'autres visages derrière les joues postiches et les faux nez, sorciers, sorcières, arlequins et troubadours, on attendait de nouveaux jours, Tu vas par là, et moi de ce côté-ci, on finira par se retrouver au logis ce soir. Et on les voit les nantis, les bourgeois, les possédants, par dizaines derrière les vitres des cafés, des places réservées longtemps à l'avance pour voir passer les bras dénudés, les corps ronds et appétissants des jeunes femmes hissées sur les chars, riant à gorge déployée, chantant, dansant, légères, dans la vie plus qu'ils ne le seront jamais, envieux peut-être, mal à l'aise parfois de les voir passer, de croiser les regards de ceux massés derrière la vitre, et pourquoi ne pas, pourquoi ne pas être de la foule, se mêler, une vitre de séparation, mais une vitre quand même, qui regardant qui, on a vu parfois des poings se lever, c'est tout, et les voir disparaître dans la foule, quelque chose montait alors, et sans doute qu'un carnaval ne suffirait plus à éteindre la colère des blouses, allons-nous faire la guerre, carnaval. Passant sur la place, Marie croise un de ces regards et une moustache, se détourne, ne supportant pas le regard de ceux qui possèdent l'argent, les objets comme les hommes et les femmes, ses pas rapides. La place, un peu à l'écart celle-ci, le lointain brouhaha des fanfares, les sabots des chevaux, les roues des carrioles, des sonnettes de vélos, on se croise, on se frôle, et puis de nouveau la musique, les cris, les rires, le fleuve, le jour qui tombe, Edouard ! C'est lui ! une main sur sa bouche Marie, un souffle, le corps soulagé, bousculé, c'est lui le garçon assis sur un muret dans le lavoir, au milieu des baquets et de ses rêveries, au milieu du bal des blanchisseuses, au milieu des fleurs et des drapeaux, au milieu d'hommes et de femmes ivres, dansant, chantant, lui sage, hissé là, et sans doute des bras l'y ont mis pour le protéger de l'agitation, d'éventuelles bagarres, un enfant pris dans une telle cohue, dix ans à peine, il n'a pas peur, il est juste là au milieu de, elle se dit à ce moment-là, Marie, que son garçon est perdu, qu'elle l'a déjà perdu, qu'il est une autre personne, il est entré dans le monde, déjà il lui échappe, la fin de l'enfance, curieux et joyeux, aventurier d'un jour (on ne saura jamais si ce fut là le hasard, un mouvement de foule qui le sépara de sa mère, ou si ce fut une fugue, cette main lâchée), Edouard emporté, sans masque se transforma d'enfant à adulte, carnaval, Edouard né de la foule.

1871,

J'ai vu la foule tomber. Et ça fait pas beaucoup de bruit des corps qui tombent, je sais pas, les tissus, les corps sur d'autres corps, c'est tout autour le bruit, les tirs, les coups, les cris (moi j'étais silencieux, j'arrivais plus à bouger ni à sortir un mot de ma bouche, c'était fermé, bloqué, c'était comme si mon corps il était plus là, comme si j'étais à l'extérieur de mon corps, c'est ça oui, en dehors), mais c'est pas mon corps que je voyais, c'étaient tous les autres, des corps d'hommes, des corps de femmes, explosions, cris, fracas, boum, cris, chocs. Et mon cœur qui cognait aussi, là-dedans ça faisait un de ces boucans, boum boum, mes jambes m'emmenaient nulle part, pas moyen, comme si que je devais être là pour voir, avec mes douze ans, avec ma rage, faut pas croire, la misère et la révolte ça vous rentre dans le sang dès la naissance, disons que c'est la misère qui nous fait leur rendre gorge, et que c'était plus possible, ma bouche était pleine d'insultes mais ça sortait pas, pas cette fois, et c'était pas que la peur, c'était autre chose que j'ai senti, comme une main sur ma bouche, et j'ai pensé, c'est mon père, mon père qui m'empêche pour pas que les Versaillais me voient, ou m'entendent, et pour pas que je dise de sales mots, mon père il aimait pas ça, il voulait m'éduquer, il voulait autre chose pour moi, Edmé Braint il s'appelait, même qu'il m'a donné son nom, que c'était plus Lansard, et que ça m'allait bien d'être son fils, j'étais un bâtard, c'était un drôle de nom, il m'a adopté et j'ai adopté son nom, en vrai ça se disait avec un accent, il disait que c'était un nom qui venait d'Écosse, il aurait pas su dire à quand ça remontait, et puis on a fini par le prononcer à la française, comme un joli brin de fille il aimait à répéter, ça le faisait rire, et moi aussi, je l'aimais bien Edmé, mais. Il est mort. Il est mort avant tout ça, même que je pense que s'il était pas mort l'année dernière, quelques semaines avant les Prussiens dans Paris, il serait mort là, sur les barricades, et c'est pour ça que moi j'y suis, oh j'ai pas fait grand-chose, je suis pas très grand, je ressemble encore à un gosse, ils disent ça les hommes de ce côté-ci, et c'est vrai, mais j'ai aidé à construire les barricades, les pierres, tout ça, pierre par pierre, c'était pour mon père. Il m'avait choisi aussi, pas que ma mère, et moi je l'ai choisi comme père. Son père à lui il a été instituteur à la campagne, je sais plus où, et puis il est venu à Paris, concierge, c'est un drôle de métier, mais bon, il salissait pas ses mains, il aurait voulu pareil pour Edmé, mais lui, il aimait ça le travail manuel, il était ajusteur, l'aimait bien le fer, les trucs mécaniques, mais l'aimait aussi lire, je le vois encore penché sur des journaux, et puis il avait une belle écriture, ma mère ça la faisait bicher, elle aimait bien l'idée d'un époux qu'avait un peu de savoir, elle disait que ça la grandissait elle aussi, elle apprenait avec lui, elle voulait sortir d'où qu'elle venait elle disait, sa mère à elle savait pas lire, ma mère pas trop non plus, mais elle faisait des efforts, elle aimait ça, et elle veut encore le meilleur pour moi, elle veut pas d'un métier où que j'use mon corps, elle veut du mieux, elle veut plus de misère, alors forcément moi ça a trotté dans ma tête, j'ai bien vu que tout ça c'est des mots, qu'au final, même si on apprend à lire et à écrire, il y a encore du chemin pour le reste, pour se grandir comme elle dit ma mère, à quoi que ça peut bien servir si on peut pas s'en servir justement hein. Enfin, j'ai pas pensé tout ça tout seul, j'ai entendu mon père et ses camarades, ça discutait dans le logis, j'entendais tout vu que c'est petit, qu'il y a pas de murs qui nous séparent, qu'on vit tous dans la même pièce, ça aussi, ils en voulaient plus, ils travaillaient dur, mais c'était toujours trop juste, c'était pas pour être comme les bourgeois, ça non, voulaient avoir ce qu'ils méritaient rapport au travail et à l'argent, ils parlaient d'éducation aussi, et comment qu'il fallait faire sinon prendre les armes ils disaient, prendre le pouvoir, c'étaient des grands mots, je voyais bien que ça brillait dans leurs yeux, et à mon père ça lui faisait une lumière tout autour quand il parlait, parce qu'il savait bien parler, et les autres écoutaient sans piper, ça avait marché sur ma mère elle a dit un jour, beau parleur elle disait, mais je sais pas si c'est la même chose, en tout cas, les mots ça le connaissait, alors c'est dommage tout ça, qu'il soye mort. Ils ont dû quitter Paris, quelques mois avant l'arrivée des Prussiens, il est tombé malade, l'était jeune, l'avait du mal à parler, il manquait de souffle, on m'a laissé ici, j'ai pas pu lui dire au revoir, je regrette, ma mère l'a enterré à Villy, ils étaient partis chez la mère d'Edmé, ça a duré quelques semaines, et puis après ça a plus été pareil, ma mère elle dit ça, comme un voile, elle se traîne, ça lui dit plus rien de lire, de continuer à apprendre, mais elle veut que je continue à m'instruire, et on se bagarre, parce que je lui dis comme mon père, que ça va servir à rien si c'est pour compter les jours de misère, je crie, j'insulte, et je cours dans les rues, je connais Belleville comme ma poche, j'aime fuguer. Et ma mère me court après, me cherche pendant des jours et des nuits, je rentre quand j'ai faim, quand je suis fatigué, et j'aime pas la savoir toute seule trop longtemps, c'est ma mère quoi, elle dit que tout petit déjà je fuguais, que c'est dans mon sang, que c'est un truc de famille, elle dit que ça lui fait penser à son père, mon grand-père, je l'ai pas connu, elle le voyait plus, peut-être parce qu'il supportait pas que je soye un bâtard, mais elle dit ma mère qu'il a fait de grands voyages, jusqu'en Amérique, qu'il a vu des choses pas croyables, qu'il a traversé deux fois l'océan et que c'est un fleuve qui l'a brûlé, enfin qui aurait brûlé ses rêves, je sais pas trop quoi, mon père il m'avait montré sur une carte ce fleuve, le Mississippi ça s'appelle, elle emploie ce mot à tort et à travers, elle dit des rêves mississippiens, et je lui dis que ça existe pas, qu'on peut pas dire ça, et elle s'énerve et me dit qu'on peut inventer, qu'on peut nous aussi créer des mots, c'est pas parce qu'on est des miséreux, et qu'il va pas falloir que je lui parle comme ça, comme si je savais et pas elle, que j'ai pas intérêt à trop sortir du rang pis la mépriser, ça la rend folle, elle me dit aussi, ma mère, que le bouillon du Mississippi est en moi, que c'est pour ça que je tiens pas en place, je sais pas si c'est ça qui m'a poussé sur les barricades ou la colère de plus avoir mon père ou la rage de tout, je suis plus un gosse. Je me suis allongé à un moment, il fallait, c'était trop violent, les réflexes, la vie qu'a mis ses mains sur mes épaules et m'a poussé, m'a fait plonger, ou mon père, ou mon grand-père. On croyait pas à

Dieu et tout ça chez nous, mais y a toujours eu ces croyances, des histoires de fantômes, je crois bien que ma mère elle guérissait des trucs, les brûlures, je l'ai vue faire des fois, et sur moi un jour, j'avais mis ma main trop près du feu et elle a fait ces drôles de gestes, elle a fermé les yeux, et j'ai plus rien senti, c'est une avaleuse de feu ma mère, une magicienne, non je dirais pas une sorcière, ça lui ressemble pas, même si elle soigne des arbres aussi, elle peut crier fort, trop de feu en elle, faut que ça sorte, mais elle est douce, même si son visage est devenu plus dur après la mort de mon père, elle peut être comme une pierre, comme celles que j'ai empilées sur la barricade, et c'est un peu d'elle, de son chagrin, c'est tout ça, et le fleuve de la famille, tout ce qui nous a amenés là, sur la barricade, ma mère. Et je me suis terré derrière, j'ai attendu, y avait les corps, le sang, et j'ai mis du sang sur mon visage, je sais pas, je me suis dit que si les salauds me voyaient comme ça, ils me croiraient mort, je bougeais pas, j'avais la peau rouge, j'ai pensé à ces Indiens là-bas, dans l'Amérique de mon grand-père, on nous avait raconté ça, et je me suis senti un guerrier, je voulais mettre le feu et le sang aux bourgeois, et j'ai pensé à ma mère et j'ai pas bougé. Ma mère elle m'avait vu, elle m'avait cherché, forcément elle se doutait, elle m'a vu, mais elle m'a pas rattrapé, elle a laissé faire, elle a compris qu'elle aurait pas pu me retenir, et elle a pris des pierres elle aussi, à une autre rue, un autre quartier, faut dire que la révolte, ça l'a réveillée, elle a participé à des réunions, des comités, des clubs, elle y a mis du sien, et de tous les siens, dans cette révolte, elle pensait à mon père, quel chambardement, quel espoir, il y a eu ces semaines colorées, des drapeaux rouges et des drapeaux tricolores, fallait voir la joie, les rues sifflaient, la liberté c'est un mot, mais je crois que je l'ai vue en vrai, comme une personne, à ce moment-là, c'était une couleur, la démarche d'un type, l'élan d'une femme dans la rue, un air plus léger, quelque chose qu'on pouvait pas toucher, mais qu'on pouvait sentir, ma mère dirait ça mieux que moi, pour sûr, elle disait que même les chevaux y volaient, si c'était pas du tonnerre ça, et comment que ça a tourné, mal tourné, ça a été du désespoir après, mais quand même, il y a eu cette chose, que mon père il aurait pu dire, de la dignité, et on peut nous tuer, mais ça on peut pas nous le retirer, et j'ai vu dans les yeux de ma mère quelque chose qui se tenait debout, de nouveau, et après ça, elle est restée debout toute sa vie, on a eu du mal à s'en sortir de cette vie, on a peiné, trimé, mais jamais plus courbé l'échine, on avait gagné quelque chose, c'est peut-être ça notre Mississippi. Quand même ça ressemblait à un jeu, cache-cache, loup, mais c'était pour de vrai, des gens sont tombés, ça saignait, ça gémissait, ça mourait, j'ai vu cet homme, il a frappé d'une pierre un chien qui crevait d'un coup de feu dans le flanc, c'était un geste bon, mais la femme à côté qui mourait, il l'a laissée, il a pas pu, pourtant on tue tout le temps, je veux dire, toutes ces histoires qu'on entend, on tue à coups de hache, à coups de marteau, de pierres, on est habitués à ça, cette violence, mon père y disait qu'on était tous des brutes, mais qu'on l'était moins avec un peu d'éducation, que ça arrangeait la bourgeoisie de nous laisser nous entretuer pour quelques sous, quelques histoires de rien du tout, peut-être qu'on n'y tient pas tant que ça à nos vies, les corps là sur les barricades, dans les coins de rue, c'est du pareil au même, qu'est-ce que ça vaut, elle a fini par mourir, j'ai entendu quelqu'un mourir pour la première fois, ça peut être long, je la connaissais, elle et son homme m'avaient fait asseoir sur le petit mur du lavoir, à ma première fugue, ils dansaient, ils chantaient, ils s'embrassaient, la joie, la vie se montrait du doigt, peut-être que j'y voyais la vie que j'aurais un jour, c'était il y a pas si longtemps, peut-être que c'est le fils de celle dont elle lavait les linges qui lui a tiré dessus, va savoir, qu'est-ce que je vais faire de tout ça, comme un paquet trop lourd, mettons qu'on compte pas, mettons qu'on est des vies qui comptent pour rien, ben voilà, on nous tire dessus, on lance les canons, comme pour rien, comme pour du vent, toutes ces vies, cette blanchisseuse multipliée par dix, cent, mille, des milliers de vies, de danses, de chants, de rires, envolés, effacés, tués, comment que c'est possible qu'ils pensent que nos vies valent rien, juste pour travailler, pour les servir, pour les enrichir, ça rend fou, moi ça me rend fou, et combien de temps que ça va durer je me demande, est-ce que je vais voir le bout de tout ça, et comment qu'on va se reparler après ça, comment qu'on va pouvoir regarder les bourgeois, ils croient qu'on va le peuple s'écraser, ils croient qu'on va le peuple se courber l'échine, ça non, mon père il frapperait du poing sur la table, il dirait que non, que c'est qu'une bataille, que la guerre continue, alors on le peuple. Est-ce qu'il y aura des jours heureux, on sait quand même a dit ma mère qu'aucune révolution n'est de paille. J'ai vu la foule couchée mais pas morte, j'ai vu le souffle de la foule s'échapper des barricades et des rues, ça filait dans la nuit, j'ai vu son cœur battre, et la foule est en moi, bien vivante, ça cogne, ça cogne, ça cogne.

1914,

C'est la guerre. Pas la Grande Guerre. Pas ça non. On ne sait pas. Pas encore. C'est la guerre de Marthe. La guerre en mai. La guerre de Marthe contre son corps. Sa guerre. C'est Port-Royal. Ce sera Port-Royal avait dit la mère, avait dit le père. Marthe avait dit oui. Mais avait-elle le choix, *un accouchement sur dix a lieu à la maternité de Port-Royal, mais l'accouchement au domicile reste l'habitude*, les accoucheuses de la famille ne sont plus là, son père était né de la main de sa grand-mère, on faisait ça, les femmes de sa famille étaient des guérisseuses, c'était dans les campagnes, mais pas ici, pas elle, *les femmes admises à la maternité sont presque toutes célibataires, et neuf femmes sur dix y abandonnent leur bébé dès la naissance.* La honte et pas vraiment la honte, la force de l'habitude de cette famille, les filles étaient filles mères, mais Marthe maudit les hommes de faire d'elles ce qu'elles sont, de les condamner à ça, de porter des péchés qui se font à deux, mais ça son père et sa mère ne voulaient pas l'entendre, n'ont même pas demandé qui était le père, Une bouche à nourrir et comment allait-on faire, tu vas devoir te débrouiller de ton môme, et qui t'épousera, pourtant. Pourtant son père avait eu sa chance, un homme avait épousé sa mère, lui avait donné un nom, et pourquoi pas moi, alors Marthe. Aurait aimé s'accoucher, prendre la tête de l'enfant et le sortir de son ventre, elle n'en voulait pas de toute façon, elle ne voulait pas du prix à payer, *jusqu'à leur accouchement, les futures mères exécutent une série de corvées à l'hôpital, transportent et lavent le linge, font les repas et la vaisselle,* elle détestait ce qu'on faisait d'elle, elle détestait les religieuses, leur guerre, leur haine, c'était comme du poison, elle a serré les dents, jusqu'à l'accouchement, elle a tenu, elle n'a pas dit un mot, des jours à ne rien dire, à les ignorer, à exécuter les taches, à empiler toutes les colères, toute les révoltes, se faire un mur de son corps, peut-être accoucherait-elle d'une pierre Marthe. Alors a récuré Marthe. A expié la faute. S'est occupée du linge. Elle sait Marthe. Elle est blanchisseuse. Comme sa mère. Comme sa grand-mère. Comme des milliers de femmes parisiennes. À laver les péchés de ces dames et de ces messieurs. À respirer leurs odeurs de corps. Alors quoi. Marthe est en colère. Marthe est en guerre. Depuis toujours. Contre sa famille. Contre le monde. Contre la société. Contre les riches. Contre elle. Marthe a dix-huit ans. Elle attend un enfant. Elle hait cet enfant. Ce qu'il fait à son corps. Ce qu'il fait à sa vie. Ce qu'il fait d'elle. Rien. *Dès l'entrée, c'est l'anonymat ; les femmes sont systématiquement déshabillées, lavées et rasées, par crainte de la vermine et des poux : "les gens sont sales", dit le personnel hospitalier.* Sa mère l'avait accompagnée tout de même, l'avait laissée comme un paquet à la porte, pas un mot, et son père même ne l'avait pas regardée partir, il se voyait dans ce ventre, il voyait sa mère et lui l'enfant bâtard, qui n'avait pu empêcher un autre bâtard dans la famille, maudite famille, maudite lignée, de ne pouvoir tenir les femmes, de ne pouvoir empêcher d'ajouter de la misère à de la misère, des générations empêchées, qu'avions-nous fait, quels péchés, quels malheurs, maudites sorcières, il avait failli, le nom donné comme une seconde chance sali, le père en colère, accablé, heureusement la première fille épousée sans encombre, tard, mais mariée, Elisa avait su se tenir, c'est ce qu'il pensait le père, il avait relâché avec la seconde, venue plus tard, bien plus tard, occupé à ne pas tomber dans l'extrême misère, mais le travail n'était pas meilleur, mais l'argent ne venait pas plus facilement, la guerre encore pour survivre, se débattre, alors un enfant à nourrir en plus, ce n'était pas possible, et Marthe ne semblait pas se soucier d'avoir à le garder, Marthe avait des tempêtes en elle, sa mère disant qu'elle allait le payer toute sa vie de ne pas tenir en place, de ne pas tenir sa place, et au fond de lui, le père se disait qu'il avait distillé son poison, sa révolte, sa guerre. Marthe n'avait plus parlé de Belleville à Port-Royal, il avait fallu faire le chemin à pied, Paris à traverser, le ventre rond, c'était comme faire le carnaval avait-elle pensé, elle reconnaissait quelques rues, elle qui ne dépassait pas Belleville, sauf pour le carnaval, et c'était encore carnaval arrivées à Port-Royal, le vacarme dans son corps, les tambours et la fanfare, ne pas dire au revoir, entrer sans un mot, et là un costume, un masque, changer son corps pour un autre, *toutes sont habillées du même linge, marqué des initiales de l'Assistance Publique "A.P." (même le pain, se souvient une vieille dame, était marqué !)*, le début de l'humiliation, Vous n'êtes plus des femmes, Vous êtes toutes pareilles, des pécheresses, des moins-que-rien, Vous ne savez pas vous tenir, On va vous apprendre, Marthe se tut entêtée, combat. Elle est debout, femme rasée, debout Marthe pour accoucher, elle ne se couchera pas, elle ne livrera pas son corps comme ça à ces religieuses, ce sont elles les sorcières, celles qui trahissent, celles du côté de la loi des hommes, c'est ça qu'elle pense Marthe, confusément, avec des mots différents peut-être, ce n'est pas un enfant dans le ventre, c'est une boule, une colère, un soulèvement, fière Marthe. Debout, un enfant à venir, pas de frictions, pas de graisse aux mains de l'accoucheuse, crucifix qui balance au cou d'elle, rien pour ébranler le bébé (on ne dit pas bébé, on dit l'enfant, on met de la distance, Marthe, et les religieuses, On sait que ce sera l'enfant de personne, alors accouche), vas-y garce, pousse, et pour se venger Marthe crie plus fort que nécessaire, hurle à la mort plutôt qu'à la vie, veut qu'elles se souviennent encore longtemps de cet accouchement bruyant, carnavalesque, Marthe veut remplir la pièce sale d'une foule de gens masqués, ivres, bruyants, de fanfares, de chars, vengeance, et toutes les blanchisseuses, celles amies, celles ennemies, mais sœurs, pousse garce, elles sont toutes là les reines de Paris, portant linge des bourgeoises, est-ce qu'elle va se taire, une sœur cale un chiffon dans la bouche de Marthe, qu'elle se taise, mais colère grande, crache comme crache dans le linge des bourgeois au lavoir, et hurle plus fort encore, à cracher aux visages des religieuses, une la gifle, une lui attache les mains, quel enfant naîtra d'une telle guerre, Mes sœurs, mes sœurs murmure Marthe, mais ce sont les siennes dont elle parle, toutes les blanchisseuses là, effrontées, toutes reines, *le monde de la prostitution avait des frontières floues et mouvantes, durant la journée, où le racolage était interdit, il était difficile de distinguer dans l'espace public les femmes « honnêtes » des prostituées déclarées ou clandestines, les métiers de blanchisseuses ou de demoiselles de magasin, peu rémunérateurs, conduisaient un certain nombre d'entre elles à se prostituer occasionnellement*, guerre, c'est la guerre, elle ne peut pas respirer avec ce bout de chiffon, ôtez-lui, on va la faire accoucher vite, ça va la calmer, et elles frappent, sous la sauvagerie des cris de Marthe, mais qui sont les sauvages, dans le dos, coups, dans le bas du dos, coups, dans les jambes, coups, dans le ventre, coups, il va sortir, cris, il va bien finir par sortir le bâtard, cris, boucle-la salope, cris, ça t'apprendra pute, les religieuses se déchaînent, un enfant vivant ou un enfant mort, ce sera la volonté de Dieu, Il jugera, Il sait, *la femme reste seule avec son angoisse et sa douleur, les cris, voire le "hurlement continu", sont toujours mentionnés, ils disent la souffrance, mais ils atténuent aussi l'angoisse, les souffrances sont en général acceptées avec résignation, car l'accouchement reste vécu comme une épreuve initiatique qu'il faut surmonter pour être vraiment mère : "la femme attendait la naissance, elle attendait la souffrance"*, ce sera son seul enfant, elle se le jure Marthe, et sous le regard des blanchisseuses par dizaines dans la pièce, elle fait tomber l'enfant, il tombe, et c'est une fille sur le ballot de linge posé sous elle, sang, placenta, merde, et c'est elle qui crie, qui hurle, l'enfant, Marthe épuisée, mais ne tombe pas avec l'enfant, ne la regarde pas, on dit C'est une fille, on l'emmène, Marthe seule, et d'autres cris, d'autres femmes qui accouchent, guerre, elle s'effondre quand elles sortent avec l'enfant, Je suis libre. Dans le couloir, l'accoucheuse croise un homme du service, C'est quoi ton nom, il le dit, ce sera le nom de l'enfant avec un « e », et on la pose dans un berceau, il en sera ainsi, il y en a tant d'autres, ça hurle, Dieu seul sait qui survivra, Dieu décidera, guerre. Elle survivra.

Comme Marthe de retour au logis avec le père et la mère. Passage Monténégro. Douleurs mais ne rien en dire. Un foulard sur la tête pour ne pas montrer l'humiliation, sa féminité décapitée. Guerre. Soulever le linge. Le battre. Jusqu'à la taille dans les baquets. Et puis retourner aux bals. S'étourdir Marthe. Dans son quartier des Amériques. Père et mère en colère, mais a promis Marthe, plus d'enfant, a juste dit ça, plus d'enfant, et ça suffisait, on ne voulait pas savoir comment elle s'y prendrait (un si joli brin de fille), Marthe a tenu, n'a jamais eu d'autres enfants, mais des hommes oui (on ne voulait pas le savoir). Et puis l'enfant est revenue. On ne sait pas comment. Est-ce Edouard ? Edouard pris dans sa guerre, en ce mois de mai, les souvenirs d'une semaine sanglante, la vie affleurant, à la surface de toute cette misère, le sentiment qu'on lui prend encore, nous ne serions pas capables de prendre soin des nôtres, après tout, Marthe, ramène-nous cette petite, Adèle qui proteste peut-être un peu, elle sait qu'elle devra s'occuper de l'enfant, Marthe ne saura pas, Marthe ne veut pas de cette enfant, a effacé l'enfant de son corps, de sa mémoire, elle ne sait pas à quoi elle ressemble, mais le père a décidé, il est encore temps, quelques semaines, est-ce qu'elle est seulement encore vivante, alors. Alors Marthe refait le chemin à l'envers, mais n'évite pas les beaux quartiers, les traverse tête haute, se laisse regarder par les hommes, elle sait qu'elle attire les regards, elle se sait jolie, elle sait ce qui a été son malheur, mais sait aussi comment elle retournera le destin d'une jolie blanchisseuse, elle y travaille, et ce n'est pas un enfant qui l'entravera, elle a redemandé à son père, à sa mère, Vous êtes sûrs, sûrs de vouloir la prendre, moi, elle ne termina pas sa phrase, elle laissa ça en l'air, elle les laissait deviner, terminer la phrase, elle voulait que ce soit eux qui en décident, elle était comme ça Marthe, elle imposait ses décisions sans les dire, juste comme ça, c'était sa force, Il en sera ainsi, avait dit Edouard, pourtant absent de lui et des autres, disait Marthe, toujours à la même époque, tous les ans, il s'éteignait comme une bougie, un enfant à l'intérieur de lui terrorisé, alors si on pouvait en sauver un, qu'il fût bâtard ou non, il l'a accompagnée. Edouard a accompagné Marthe, il n'avait pas confiance, il la savait capable de revenir sans l'enfant, de dire qu'elle était morte, la guerre entre elle et lui, elle avait creusé un monde entre elle et eux, plus il levait la main sur elle, moins elle se soumettait, le feu en elle, comme le feu de sa grand-mère Marie, elle ne se soumettait pas, comme il aurait voulu que le peuple ne se soumette pas, il avait infusé ça en elle, il avait le sang tourné retourné en elle, et c'était une autre fille dont il faudrait s'occuper, il avait tant haï les hommes de leur violence, des tueries de la Commune, qu'il avait prié (un Dieu auquel il ne croyait pas) (le vide) (est-ce qu'on peut prier le vide) pour n'avoir pas de garçon, il a été exaucé au-delà de ce qu'il espérait, Elisa faisait des filles aussi. Marthe reconnaît l'enfant, seule, c'est humiliant, c'est ce qu'a fait la mère d'Edouard pour lui, elle ne l'a pas abandonné, elle lui a donné sa chance, elle l'a élevé seule les premières années, lui a permis de vivre loin des regards et des quolibets dans l'étroitesse de Rougeux, puis lui a donné un père, puis veuve a continué de faire de lui un homme, un qui ne se salit pas les mains, il se dit qu'il pourrait faire la même chose, réussir avec cette enfant ce qu'il a raté avec ses filles, une seconde chance. C'est quoi ce prénom a demandé Marthe, l'officier a dit que c'était ainsi, qu'elle avait été reconnue sous ce prénom, alors je le changerai, je l'appellerai autrement, ce n'est pas un prénom très féminin, on ne peut pas changer l'état civil, mais moi je changerai son prénom, on la nommera autrement, Marthe toujours en guerre, Edouard fier des armes qu'il lui avait données, l'aplomb, la sévérité, l'insolence, ce sera Anna. Et Marthe de mettre l'enfant dans les bras de son père, Elle ne m'empêchera pas de faire ma vie.

Delicious and refreshing lumières couleurs vitesse dring dring aheuuu aheuuuu (klaxons) je suis un building je suis des chevals & charrettes je suis un bus je suis un livreur ***Mary Garden Perfume*** je suis la 42e rue je suis un cinéma je suis un théâtre je suis Broadway je suis noire je suis blanche je suis du monde je suis New York ***money money*** une marmite un bouillon vitesse ***downtown*** je suis neuve chaque jour je suis neuve les chantiers les constructions les démolitions je suis un quai je suis un port je suis un bateau ***If fairies used soap they'd use Creamola*** je suis vivante je parle toutes les langues je suis plus forte ici qu'à Paris parce qu'ici tout commence ici je peux être quelqu'un même si ***veet*** je ne suis personne j'ai le même caractère aussi trempé que New York, je suis faite d'angles droits de béton de hauteurs de blocs de fer c'est le monde ***Cigarettes Leo*** je fais quelque chose de ma vie. Et comment, comment une jeune blanchisseuse de Belleville, ***No toil only boil "persil" the ideal clothes washer,*** fille d'une blanchisseuse et d'un garçon de café, comment peut-elle arpenter dans les années vingt les rues de New York ? Il s'appelait Wilson, rapporta un jour Anna, il était gentil, je parlais un peu anglais oui, ne disant mot de sa mère, une traversée à trois, avec quel argent, ont pris un transatlantique, l'affaire d'une vie, qu'allait-elle faire là-bas Marthe, quels rêves à poursuivre, une carrière, un homme, on ne saura pas, elles revinrent, sans homme, sans un sou, Marthe et Anna, quelques vêtements américains, quelques souvenirs à effacer, une chimère, Marthe retrouvant sa guerre, et Anna dans les tranchées de cette guerre, une mère pasmère, pourquoi Diable l'avait-elle emmenée avec elle, en Amérique, est-ce que ce Wilson, était-ce bien son nom, on a dit un soldat américain posté à Paris après la guerre, revenant en son pays avec une jeune Française et une enfant, on a dit aussi que ce n'était pas tout à fait Wilson, qu'Anna n'avait pas bien compris, plutôt un homme d'Europe centrale ou de l'Est, on a dit Juif du bout des lèvres, on a brodé, on n'a pas su, on n'a pas voulu savoir, on a inventé des histoires bien après Anna puisque Marthe avait cousu sa bouche à bien des endroits, ne laissant siffler que des mots durs, on a inventé un riche Américain pour père d'Anna, mais qui ne put épouser Marthe ni reconnaître Anna, nos vies sont des romans, alors pourquoi pas, Marthe n'est-elle pas l'arrière-petite-nièce du faiseur d'images et d'histoires Antoine Lumière, n'est-elle pas allée chercher les feux en Amérique, à Broadway, et puis elle vivait dans une autre langue, elle était une autre, on ne la jugeait pas avec son accent de Belleville, ses mots mal dits, ici à New York elle avait un accent français et tout le monde se débrouillait venu du monde entier, on s'inventait dans une autre langue, un autre monde, on devenait dans un monde tout neuf, et ne lui avait-on pas dit qu'elle avait les yeux d'une actrice, qu'elle pourrait briller sur un écran de cinéma, n'a-t-elle pas rêvé en descendant et remontant à l'envi le Mississippi de Broadway, elle aurait dû aller à Hollywood, mais Marthe a dégringolé comme a dégringolé son enfant de son corps, comme ont dégringolé père, mère, grand-père, grand-mère, qui riment avec misère, elle avait voulu. Elle avait voulu, Marthe, s'émanciper, faire de sa vie quelque chose de grand, elle n'avait pas entendu parler d'Antoine Lumière ni d'Alexis Lansard, rien ne la rattachait à eux, ni le nom (le sien lui fut rapporté) ni la mémoire, mais le corps. Le corps savait, Marthe, le corps ne tenait pas en place, le corps de Marthe soulevé par le feu, un Mississippi inconnu d'elle qui avait rapporté une autre Amérique, qui prolongeait le geste, ça faisait comme une tapisserie, des images que l'on cousait au fur et à mesure, sans savoir ce qui les précédaient, une sorte de cadavre exquis familial. Après ça, après le grand voyage, l'essai manqué d'un nouveau départ, Marthe hoqueta sa vie, d'une ville à l'autre, d'un homme à l'autre, Anna dans son ombre, Anna sacrifiée, Anna de l'ordre dans tout ça. Coupa.

1919,

Elie ne tuera plus (classe 1904, numéro de matricule 1399), tend le lapin à Octavie, Non, et puis c'est tout, plus un mot, ni d'Elie ni d'elle, Octavie un coup et peau par-dessus tête du lapin, Elie ne tue plus, il n'y eut rien à en dire, ce sera ainsi les décennies suivantes, Elie peut tout mais pas tuer (137e régiment d'infanterie, rappelé le 4 août 1914) (avait trente ans, une femme et un enfant), c'est ce qu'en a retenu Octavie qui continua alors de tuer poules, lapins et anguilles, un homme du village pour le cochon. Après ce premier geste de rendre le lapin à Octavie, Elie part dans les marais (porté aux armées le 8 octobre 1914) marche (arrivé au 58e bataillon de chasseurs à pied le 12 octobre 1914) marche (*Tenace dans la défense, redoutable dans l'attaque*) marche (la devise du 137e) s'arrête. Dans les marais, Elie parle aux arbres, Elie parle aux oiseaux, Elie parle à la terre, Elie parle aux roseaux. Lutte (la première bataille, les forêts, le feu, les fantassins, fusil contre fusil) lutte (et les officiers, On fera ici s'il le faut le coup des dernières cartouches) (à ces mots, Elie revit dans sa mémoire les images d'un petit film des Frères Lumière, *Les Dernières Cartouches*, et il comprit alors ce que cela signifiait) lutte (une oseraie marécageuse se souvient-il, juste à la tombée du jour, qui lui rappela son pays) lutte (cette lumière particulière qui le relia pour toujours à ici) lutte (et revenir chaque jour en cet endroit). Il compte. Elie compte les arbres, les roseaux, les joncs, parfois les feuilles d'un frêne et plus difficilement d'un peuplier (le soir, après les batailles, on se comptait, et puis on disait son nom aux autres et à soi-même, se rappeler à l'existence, comme pour se pincer d'être encore un homme, d'être encore vivant). Cette forêt qui lui réapparait dans ses cauchemars. Elie n'aime pas les forêts. Elie est un homme des clairières et des bois. Elie n'aime pas les fleuves ni les mers. Elie est un homme des ruisseaux et des marais. Les paysages discrets et sans bruit (front ordinaire, visage ovale, bouche moyenne, sourcils châtains, gros nez, 1,66 m), les paysages qui se révèlent avec le temps et la patience (citation le 8 avril 1916 pour « belle conduite à l'attaque d'un village ») (croix de guerre avec palme), Elie n'en voit plus que la moitié de ce paysage, mais s'en remplit pleinement. Elie porte un large bandeau à l'œil gauche (Octavie en avait cousu plusieurs). Elie voit la guerre tous les jours dans son miroir, visage arraché, mais quand le bandeau attaché, une moitié de mort, une moitié de vie, et vivre avec ça, alors. Alors les marais. Sa mélancolie allait là tous les jours. Et se compter avec les arbres, les feuilles, les roseaux, parfois même les nuages. Le silence et le vent (obus incendiaires, shrapnells percutants de tous calibres), l'odeur de la tourbe (les chairs, le sang, la merde, la sueur, la crasse, la mort), prendre barque, fendre les lentilles d'eau, glisser (porté à l'armée d'Orient le 27 octobre 1915 à Salonique) (pour s'être, le bataillon, montré digne de la confiance que le commandement leur témoignait en les opposant aux troupes d'élite de von Bülow) (nous étions des paysans), croiser loutres et hérons cendrés, Elie s'assoit dans la barque, la pigouille de tout son long, et ôte son bandeau (ici personne ne le regarde) (sous la sagesse des timides peupliers), sentir la brise sur tout son visage (se faire paysage), et chaque jour reconquérir ce paysage, chaque jour faire qu'il ne s'efface pas (partir en octobre du front de l'Est) (camion, chemin de fer, transatlantique italien) (vers Salonique), compter, avaler chaque couleur, chaque parcelle (trois jours de bivouac au camp de Zeitenlik) (transportés par train du Vardar à Krivolak où ils débarquent sous les obus), que la guerre ne poursuive pas son travail de sape mais. Mais l'œil qui ne voit plus voit, voit la guerre, voit les corps, voit le feu, voit encore les crêtes boisées que couronne le monastère de l'Arkangel (mission : enlever Cicevo-le-Bas, Cicevo-le-Haut, et le monastère orthodoxe), Elie se trouble parfois de voir les paysages se mélanger, ceux de la Serbie et de ses marais poitevins (il ne connaissait aucune de ces villes) (un royaume avait-on dit) (ce n'était pas un conte mais bien un cauchemar se racontaient les hommes alors dans les rangs) (canons) (

) canons, il y a marais, la crête formation d'assaut, Cicevo-le-Bas, gravir, il y a l'eau douce, les prairies, le feu, gravir la montée vers Cicevo-le-Haut et, à la chute du jour, à l'orée du village, mes peupliers, saules, frênes, roseaux et joncs, à la baïonnette au son du clairon, charges et le retrait, pioches, faire tranchées, n'être plus un homme mais deux, mais trois, des bêtes de somme, et quand le jour point, voir danser des ombres sur les crêtes, comme danseraient les roseaux dans une de ces prairies du marais, et à l'aube de ce jour de novembre, les distinguer mieux, les colonnes fournies d'infanteries bulgares descendre les crêtes d'Arkangel (cet homme, Elie, qui aima tant les westerns, ne put jamais regarder les scènes de cavalerie dégringolant des hauteurs pour fondre sur les Indiens, sans trembler), des hommes, des paysans, des ouvriers, habillés en soldats comme tous les hommes de tous les pays pense Elie alors, et canons et artillerie et explosions et les hommes

volent dans le ciel et courageux se reforment en colonnes et descendent et canons et dormir et recommencer le jour suivant (et
le noir
la nuit
canon dans la tête
blessure au shrapnell dans la région orbitaire gauche
Octavie
rapatrié à Marseille
Octavie Octavie.

J'ai dans ma poche une photo que tu m'as envoyée, c'est toi et notre fils Albert, vous portez beau, chapeau coiffe Octavie qui ne sourit pas, Albert qui ne sourit pas, et Albert cinq ans un fusil à la main pose, est-ce possible Octavie, tu as voulu faire bien, tu es allée en ville faire cette photo que je porte sur mon cœur, tu tiens sa main gauche contre toi, un geste tendre et le fusil dans la main de notre enfant, non Octavie, non, vois ce que la guerre a fait de nous, je la connais par cœur cette photo, je n'ai plus besoin de la regarder de mon seul œil droit, et ce que je vois, ce que je veux voir, c'est la main de notre fils dans ta main Octavie, je ne t'écrirai ni ne te dirai ces choses-là Octavie, je suis un homme ordinaire (citation), pris dans la guerre, j'ai tué, j'ai tué des dizaines de fois, des dizaines d'hommes, comment (croix de guerre avec palme) se consoler de, j'aurais préféré les mains arrachées pour n'avoir pas à voir le sang toujours sur ces mains, cet œil en moins c'est l'ombre de la guerre pour toujours, devant moi, pas derrière, pas dans le passé, devant).

Elie reste plusieurs mois dans les hôpitaux de Marseille, à l'été 1916 rentre en permission, Octavie, Albert, les marais, les bêtes, mais personne ne le reconnaît, pas même le poirier de son enfance dans la cour de la maison, pas même les vignes ni les saules tout autour, Elie retourne à Marseille, c'est comme s'il n'en était pas parti, c'est comme s'il n'avait été qu'un fantôme pendant ces journées d'été, il n'avait pas pu aider aux foins, c'étaient les femmes et les vieux, Octavie dirigeait du feu de Dieu ce petit monde, la guerre avait adouci Elie tandis qu'Octavie se durcissait, deux inconnus devenus allaient devoir se côtoyer pour la vie, tous deux comprenant, Elie et Octavie, que la guerre avait ouvert plusieurs fronts. Le 29 décembre 1916, on énucléa l'œil gauche d'Elie qui ne rentra qu'à la fin de la guerre, Elie se fit auxiliaire bénévole à l'hôpital, Elie ne parvenait pas à rentrer, Elie s'habituait à ce nouveau visage, mais Elie devint plus que borgne, Je ne tuerai plus. Tout s'était transformé, Elie dedans, Elie dehors, Elie et sa femme, Elie et son fils, tout sauf. Le marais. Elie se consolait avec le paysage, intangible, indestructible, qui serait là encore après lui, qui ne disparaîtrait pas (comment pouvait-il savoir Elie que tout se transformerait, que tout ça aussi finirait par disparaître). Et quand Octavie ouvrait la Bible dans la grange, à l'abri des calomnies (il ne faisait pas bon être protestant en pays catholique) (Elie ne voulait que la paix), il l'écoutait comme un ruisseau, comme la brise dans les roseaux, les mots faisaient du bien à Elie, il se transformait en prairie, en marais, il se faisait barque sur le canal, ça faisait taire les obus, les râles, les explosions, les coups de fusil, les cris, les marais finiraient bien un jour par engloutir la guerre, sa guerre, un jour Elie finirait bien par ne plus compter les brins d'herbe des prairies. Et en effet, il s'arrêta quand Albert revint un jour de l'été 1932 avec sa fiancée, Anna. Elle avait les yeux, le visage, les manières de ces jeunes soldats allemands et bulgares, quelque chose qui ne sonnait pas d'ici, elle a eu beau dire que non (elle avait honte de dire qu'elle ne savait tout simplement pas) (elle inventa une histoire, un père mort avant sa naissance), Elie vit en elle plus qu'une sorte d'étrangère à ses marais, une étrangère à son pays, mais Elie ne s'en offusqua pas, il se dit que peut-être il était prêt pour la paix en accueillant cette jeune femme sous son toit. Elie tua le soldat en lui. D'abord le soldat. Puis l'homme qu'il fut et qu'il devint, se perdant dans les rues et les marais, disparaissant peu à peu à lui-même, oubliant jusqu'à son nom.

1998,

Il aura suffi d'une seconde, la déroute du retour de l'Amérique, une ville portuaire, elle pensait que ce serait provisoire, elle ne revit plus jamais Paris, placée domestique à quatorze ans, une seconde, sa mère avait-elle pris cette décision sur le pont du bateau, mais sa mère (bon débarras) où était-elle, sans doute à Paris, seule ou avec un autre homme, elle ne sut pas. Une seconde, ne reconnut pas sa grand-mère, Adèle, veuve d'Edouard, mais c'était bien elle, gardait des vaches dans la campagne de cette ville du bord de mer, usée, Adèle, de la pauvreté, usée aussi par sa fille, Marthe, dont le feu ne s'apaisait pas, il fallait s'occuper d'Anna, c'était bien la fautc d'Edouard d'avoir voulu la ramener, en une seconde sa décision qui changea leurs destins, quelle vie, Anna, quelle vie avait-elle perdue, quelle vie aurait-elle gagnée si, Anna dans les églises des heures, Anna et la Vierge Marie, Anna des journées de prières, ça tenait une jeune fille, ça éloignait les mauvais esprits de la mère, ça éteignait les feux, ça faisait penser qu'on pouvait être aimée, et quand elle rencontra Albert, à la seconde elle sut que ce serait lui, lui le protestant ne trouva rien à redire à ses breloques, à ses mots murmurés mains jointes, à sa Vierge. Dans cette seconde, Albert oublia qu'on le comprenait à peine, qu'il fallait du temps pour appréhender sa langue, bec-de-lièvre et presque sourd, et s'exprimant difficilement, mais cette seconde-là lui donna tout l'élan d'une vie, Albert sut séduire Anna malgré sa disgrâce, farceur et joyeux, et comme on avait pu réparer un peu son visage (les progrès de la médecine sur les gueules cassées de la Première Guerre mondiale) (quelle ironie du sort pensa son père alors), Albert apprit à réparer tous les moteurs, et il avait quitté les marais, son père, sa mère, ne reprit pas la ferme laissée à son cadet, Albert voyait plus loin, la ville, une situation, la culture (il aimait les opérettes et les livres), une maison. Une seconde, il la vit, Anna, yeux clairs et vifs, solide, au garage où il travaillait place Marceau, elle accompagnait ses patrons, elle était différente, elle se déplaçait autrement que les filles d'ici, une fille de la ville assurément, une allure, elle était son avenir, et ils s'épousèrent, et ce ne fut pas facile pour Anna, sa mère refusa l'autorisation du mariage (elle était mineure Anna) (et pourquoi sa mère refusa, est-ce le bonheur qu'elle refusait à sa fille) (pourquoi Anna serait heureuse, pourquoi trouverait-elle, elle, le bon homme et pas elle, Marthe) (refusa) (ne vint pas), il fallut passer par un tribunal, Anna se maria sans famille, alors Albert lui dit que lui aussi, qu'ils feraient quelque chose de simple dans cette ville où ils s'étaient rencontrés, sa famille ne viendrait pas jusqu'ici, seuls et des amis, ce serait tout, elle revoit ça Anna, dans la seconde. Car une seule seconde avait suffi lui semblait-il, la maison, les enfants, la solitude, et puis la guerre, les bombardements, la fuite, ça durait une éternité, l'alarme, les avions, fuir dans la ville proche, et puis fuir dans les marais, dans la famille d'Albert qui était aussi devenue sa famille mais. Mais Anna toujours seule, sévère, dure, difficile à aimer, et plutôt que de s'effondrer, elle devenait dure comme le cuir, elle ne savait pas les gestes, elle n'avait pas appris, que les coups a-t-elle dit à Albert, et quelle mère avait-elle eue, quels grands-parents, quelle famille, pour ne rien savoir de tout ça, comme un fleuve tari en elle tandis qu'elle était un fleuve furieux, on ne l'aimait pas, elle ne voulait pas être aimée, une seconde à faire revenir le fond de son fleuve à la surface, Anna. On revint après la guerre, un trou béant à la place de la ville, ça lui a fait un drôle d'effet, comme l'image de son corps, un trou à la place du cœur, la furie des hommes, mais ça, on savait de quoi étaient capables les hommes, on apprit à reconstruire, à vivre par-dessus les décombres, par-dessus les morts, à combler les fossés, les trous, les tombes, les chagrins. Anna cahin-caha continua à vivre au milieu du fleuve, au gré de sa furie, de tout ce que ça charriait, emportait, qu'on la laisse dans sa vie la plus petite possible, la plus étriquée, qu'on la laisse recroquevillée au fond du placard, Anna debout toujours au même endroit, jamais emportée, inatteignable, même des années plus tard, malgré la mort de son aîné, de sa benjamine, de son époux (il ne restait que Rebecca) mais là. Là, après des années à quelques kilomètres de cette maison des marais qu'elle avait tant détestée (à la mort d'Albert elle avait fui, une seconde après le dernier souffle d'Albert, Je veux partir, ne resterai pas une seconde de plus là, alors la résidence des vieux en pleine campagne, au milieu de nulle part), là donc, elle disait depuis des mois, J'attends la mort, et ça durait une seconde, et une éternité pour qui entendait sa supplique, et une nuit, en une seconde, sa vie s'arrêta, le cœur, juste une seconde, le temps de voir sa vie, et ce fleuve, non pas les canaux des marais, non pas la mer aimée, mais un fleuve qu'elle ne reconnut pas, dont elle ne sut d'où il lui venait, mais dont elle sut qu'il avait tout emporté, et qu'enfin il l'emportait.

Nous désirons sans fin

1946,

« Bien chers parents,

Ici toute seule comme femme blanche parmi tous ces Noirs, aussi je suis gâtée, c'est à qui m'apportera des œufs frais, un poulet, une pintade, un canard. Je n'ai rien à faire que coudre pour nous ou tricoter, pour le reste je n'ai qu'à donner un ordre, je suis servie. Je dis au chauffeur Bala tu conduis Madame en ville tout de suite faire ses courses. Je fais tous les magasins, en auto je fais le tour de la ville. Je n'ai jamais été aussi heureuse.

Joséphine »

« Bien chers parents,

Nous nous portons très bien, même mieux qu'en France, nous n'avons pas froid. C'est à cause de notre changement que nous n'avons pu écrire, il faut le temps de s'organiser. Pour les sous que vous avez reçus, vous pouvez vous en servir, c'est pour cela que Julien les a envoyés, nous autres, il ne nous manque rien, nous mangeons toujours mieux qu'en France et moins cher. Nous avons du gibier de la brousse pour rien. Il y a des légumes de toutes sortes. Comme fruits il n'y a que des oranges, les bananes arrivent du Maroc, très peu de café en ce moment, mais il va y en avoir bientôt de la Côte d'Ivoire. J'espère pouvoir bientôt vous envoyer un colis, du savon, de la percale de toutes sortes, sauf du noir. Quand Julien va en brousse en camion, il ramène des brassées de tissus qu'il a eues avec les Syriens, et pour rien. Je vais pouvoir m'en faire des robes, et de quoi nous habiller tous. Je porte actuellement aux pieds des souliers en peau de serpent. Un Syrien m'en a fait cadeau le premier jour de l'An, je n'en revenais pas. Il y a pas mal de Français et Françaises ici, ainsi que des enfants, et tous se trouvent bien, on s'habitue vite aux Noirs. J'en ai vu un, soldat, l'autre jour, au camp militaire, qui avait été à Vannes, il portait des médailles, c'est un catholique.

Joséphine »

« Dakar, 1946,

Bien chers parents,

Nous voilà rendus au pays nègre. La chaleur est très supportable. Quand le sirocco soufflait à Alger, il faisait plus chaud qu'ici. Nous mangeons à la cantine, dehors, sur une belle terrasse, et le soir jusqu'à 10h, car nous marchons à l'heure solaire ici. Il y a de la musique et danse celui qui veut.

Nous avons pris l'avion, le grand Halifax. Il n'y avait qu'une toute petite porte pour entrer, mais à l'intérieur c'était comme dans un car avec des fauteuils, nous étions très bien. Ça a été un voyage superbe. Je suis allée jusqu'au pilote, le radio me disait que nous étions à 4 miles au-dessus de la terre entre le ciel et les nuages. Après je suis descendue dans la partie inférieure où il y avait des bureaux, des chaises et des tables. Rien ne bougeait, pas plus que dans un salon. Nous étions 32 passagers tous militaires, il y avait un député, un général, un administrateur des colonies, et un ingénieur.

On est 90 familles entre Dakar ville et Médina, je crois qu'on s'y plaira. Je vous enverrai un colis dès qu'il y aura du café. Les oranges et les bananes viennent de Guinée, il y en a très peu en ce moment, soi-disant c'est l'hivernage, enfin ça viendra. Le sucre n'est pas libre. On trouve difficilement du riz, c'est la seule nourriture des Noirs, aussi ils se le réservent.

Julien travaille au bureau. Il y a des gendarmes noirs aussi. Les Blancs ne vont pas en tournée ou alors c'est en auto.

Joséphine »

« Conakry, 22 mai 1947,

Bien chers parents,

Vous nous dites qu'il n'y a pas de pain, ça ne va plus alors. Ici ça ne manque pas, si c'est possible je vais en griller pour vous en envoyer. Julien vous a expédié hier 3 kg de café vert.

Ici nous sommes dans un très beau pays. Des arbres partout, ce sont des palmiers, cocotiers, orangers, et des champs de bananes, car elles ne sont pas dans des arbres, ce sont des plants hauts à peu près comme le maïs, et il y en a des champs entiers, cela s'appelle une bananeraie. Il y a aussi des singes, des biches, des gazelles, tout un tas de jolies bêtes.

Si nous avons changé, c'est qu'à Kaolack c'est une place d'adjudant pour le bureau et Julien allait trop souvent en tournée en camion, ça le fatiguait tandis qu'ici c'est un emploi de bureau spécialement sédentaire. Notre maison est à côté des bureaux. Il y a un lieutenant, sa femme et son fils, un gendarme célibataire, et nous. Il n'y a pas d'autres Blancs. Partout ce sont des cases et des Noirs qui sont garde-cercles, comme la garde mobile en France, et c'est à 6 km de la ville, mais nous avons une auto à notre disposition toute la journée pour conduire les enfants à l'école et les ramener. J'ai un ordonnance pour faire mon marché, un autre pour la cuisine, le ménage, laver et repasser. Ce sont des Noirs, mais ils travaillent très bien.

Ici c'est un grand port, on trouve de tout, il y vient des bateaux étrangers aussi. Nous sommes à peine à 500 m de la mer, on s'y baigne quand on veut.

Il y a un évêque, il y a une cathédrale et à 3 km du camp, il y a une chapelle et un séminaire des Pères blancs. Nous nous faisons conduire à la messe tous les dimanches. En un mot, c'est la belle vie. Je ne me suis jamais sentie aussi bien. À notre fille on a promis une biche et un singe, pour sa communion elle va avoir une chaîne en or avec la croix du Soudan, ainsi qu'une montre en or, et beaucoup de souvenirs en ivoire, ainsi que des peaux, des tapis. J'ai reçu un sac en peau de crocodile, magnifique.

Joséphine »

« Conakry, le 19 décembre 1947,

Bien chers parents,

Voici une année qui se termine. Nous venons vous présenter nos meilleurs vœux pour l'année 1948, santé et tranquillité pour vous tous et aussi moins de privations question ravitaillement, car il paraît que ce n'est pas brillant en France de ce point de vue. Espérons que les mauvais jours se termineront bientôt et qu'enfin nos espérances du temps de l'Occupation se réaliseront.

Julien »

« Conakry, le 28 janvier 1948,

Bien chers parents,

Un simple petit mot pour vous dire que par décision de Monsieur notre Colonel, nous allons encore refaire nos bagages et nous éloigner, établir notre domicile un peu plus loin de la France.

On n'a rien trouvé de mieux que de nous affecter à Porto-Novo, au Dahomey. Huit jours de bateau. Les enfants en sont enchantés, ne serait-ce que pour avoir le plaisir d'avoir le mal de mer. Quant à Joséphine, ça ne la désenchante pas non plus, nous verrons du changement. Pour moi, ça m'est égal, sauf que je perds mon emploi de comptable pour devenir commandant de dépôt des garde-cercles.

Enfin, il ne faut pas s'en faire, la terre est ronde, et à force de tourner autour, nous finirons bien par débarquer un jour à Nantes ou Bordeaux.

Julien »

« Porto-Novo, le 20 mars 1948,

Bien chers parents,

Nous venons à peine d'arriver. Nous avons pris passage sur un cargo mixte, le *Bouka*, venant du Havre et allant jusqu'à Douala. Après escale à Sassandra (5 jours), Takoradi (Gold Coast, 2 jours), Gomé (2 jours), nous sommes arrivés à Cotonou. Quinze jours de voyage. De Cotonou à Porto-Novo, nous avons eu un camion de la gendarmerie.

Notre première impression n'a pas été mauvaise. Nous avons retrouvé ici des gendarmes rencontrés à Dakar et Kaolack. Mais il y fait une chaleur dans ce pays ! On n'arrête pas de transpirer la nuit comme le jour. Il y a quand même une compensation avec Conakry, nous avons un peu d'électricité et la vie paraît moins chère. La terre est toute rouge (latérite) si bien qu'on a mal aux yeux.

Nous n'avons pas encore eu l'occasion de lier connaissance avec les Européens, mais l'on nous dit qu'il y a des natifs de Lorient, de Langonnet, des Bretons bretonnants.

Nous espérons vous revoir en octobre, si notre temps de séjour est maintenu à deux ans.

Julien »

« Porto-Novo, le 18 mai 1948,

Bien chers parents,

Je me porte toujours à merveille, jamais je n'ai été si bien que depuis que je suis aux colonies, si bien que j'appréhende de rentrer en France. Je voudrais rester toujours dans ce pays, il me semble que nous ne pourrons plus vivre en France. Ici il ne manque rien.

Et ce beau voyage sur le *Bouka* qui a duré quinze jours, on y était si bien. Je serais bien restée toute une année. Nous mangions dans des couverts en argent, au milieu de meubles magnifiques, à la table du commandant. Jamais je n'oublierai ce voyage. Maintenant, que vous dire de ce pays ? Les Noirs sont divisés en deux parties, ceux qui sont catholiques, qui sont plus instruits qu'en Guinée, et ceux qui sont fétichistes, qui adorent n'importe quel objet, c'est vraiment curieux, où en est la civilisation des Noirs. Mais jamais ils ne seront tous civilisés, jamais.

Joséphine »

« Porto-Novo, le 19 juillet 1948,

Bien chers parents,

Ici il fait un peu frais maintenant, ils disent que c'est l'hiver, mais pour nous c'est comme le printemps de France.

Nos garde-cercles construisent nos meubles, nous ne les payons pas. Il y a une menuiserie. Julien est à son affaire lui qui aime tant bricoler. En ce moment il fait un bateau en bois acajou de toute beauté. Il commande tous les travaux. Les maçons bâtissent un bâtiment neuf pour nous.

On a fait cette année à Porto-Novo une école spéciale pour Européens, comme cela ils seront mieux surveillés et peut-être mieux tenus. Notre fils s'y plaît, on vient le prendre à la maison en auto. Son boy va le chercher à bicyclette. Il a été très heureux de savoir que son pépé lui gardait son fusil, lui qui ne rêve qu'à ça.

Joséphine »

« Porto-Novo, le 8 février 1949,

Bien chers parents,

J'ai beaucoup de travail pour préparer le départ. Pour le moment il n'y a pas de remplaçant, de France, il y en a bien qui veulent venir, mais on les envoie plutôt en Indochine. Adélaïde nous a envoyé une coupure de journal annonçant la mort en Indochine du fils du gendarme Le Goff, nos amis de Vannes. Nous avons trouvé ça bien triste, lieutenant à vingt-cinq ans, fils unique, résistant, et tout ce qu'il y avait de meilleur garçon. Certains attendent ici depuis un mois pour partir.

Ici tout va très bien. Il fait très chaud, car c'est la période de l'harmattan, un vent chaud qui vient du désert comme le sirocco en Algérie. C'est la saison la plus chaude, ça va durer un mois encore et les pluies commenceront mais nous ne serons peut-être plus là. Nous rentrerons aux beaux jours. Où serons-nous affectés ? Nous ne savons pas encore. À moins que Julien redemande la garde mobile. C'est dommage que ce soit la fin, car on était vraiment bien. Nous sommes dans la plus jolie maison de Porto-Novo construite par nos gardes-cercles, plus belle que celle du gouverneur. L'autre soir on a été au champagne offert par le gouverneur pour la réception et l'arrivée de M. le Ministre. Son discours nous a fait bien plaisir, aussi il a été applaudi, car il a répondu comme il le fallait à un député noir du pays qui se vantait de ce que la somme était grande, de ce que le pays du Dahomey avait fourni à la France, alors le ministre lui a mis sous le nez la somme que la France avait fournie au Dahomey, elle était plus de la moitié plus grande, alors vous pensez si les Européens ont applaudi.

Joséphine »

1967,

L'homme en guerre crache du feu de son corps, on n'était pas censés faire la guerre, pas à nos âges, pas à cette époque, yéyé et rock'n'roll, ce n'était pas la promesse de nos aînés, l'homme en guerre a ravalé sa colère, a fait la guerre, enfin ce n'était pas la guerre disait-on là-haut, mais le maintien de l'ordre, ce n'était pas la guerre dans nos propres territoires, car c'était chez nous, l'homme en guerre ne faisait pas la guerre alors, il pacifiait, c'étaient des opérations de pacification, on gardait un col, on gardait une ferme, on fouillait des villages, et puis on tuait, bien sûr, on était tués aussi, on raflait, on contrôlait, on bousculait, des civils oui, des combattants de l'autre bord aussi, on faisait ce qu'il fallait, nous et pas nous, on savait, on entendait, on pouvait participer, c'étaient des hommes en pacification, c'était pour maintenir la paix, on y croyait, l'homme en guerre y croit, il y avait les attentats, ça dézinguait à tout-va, l'homme en guerre a des souvenirs qui ne parlent pas, qui se terrent, relever les morts, relever les blessés, des camarades morts, il n'oubliera pas celui-là mort tout à côté de lui, on avait une vingtaine d'années, les hommes en guerre à marche forcée, on dormait armes à la main, la peur au ventre, il faut le dire, les hurlements des chacals la nuit, on marchait à la bière, des litres et des litres de bière, le bordel, les putes, fouiller, garder, contrôler, tuer, rafler, frapper, tuer, boire, boire, boire, oublier, tuer, il se souvient l'homme en guerre de la neige, d'un froid glacial, il n'avait pas imaginé alors, lui qui avait grandi près de la mer, près de déserts, près de la brousse, l'Afrique noire comme on disait, l'homme en guerre a un enfant en paix en lui, il n'oublie pas et n'oubliera pas Conakry, Porto-Novo, Dakar, Kaolack, sa vie de gamin en liberté, n'oubliera pas tout ce qu'il a perdu, il a dit à Joséphine (il ne l'appelait pas maman, il disait Joséphine) (pourquoi), Joséphine tu n'aurais jamais dû revenir, tu n'aurais jamais dû suivre notre père, je serais resté avec toi là-bas, au Dahomey (et Joséphine pleurait, enfermée dans sa maison du petit village breton, entourée de ses souvenirs) (des statuettes en ivoire, des sacs et chaussures en peau de serpent, de crocodile) (des bijoux) (des tissus) (comme un passé glorieux qui ne passe pas), Mais mon garçon (Joséphine appela son fils toujours son garçon même quand il fut un homme, puis un père, c'était toujours mon garçon), c'était la fin d'une époque, il fallait s'y résoudre, il me reste mes souvenirs, mes histoires (et elle en racontait des histoires Joséphine, des contes tissés dans ceux d'Afrique et de Bretagne qui ne ressemblaient à nul autre pareils), et ça me tient debout (ce que ne dit pas Joséphine, c'est qu'elle ne venait plus au village, pas même à l'église, elle restait enfermée dans son Afrique bretonne, à l'intérieur de sa maison et de son jardin où elle imaginait des singes et des antilopes). L'homme en guerre a commencé sa guerre au retour d'Afrique, un enfant en guerre, jusqu'à se faire arrêter avec des armes de guerre, jusqu'à fuguer, jusqu'à aller dans une prison pour mineurs, jusqu'à devenir militaire comme son père, l'enfant en guerre qui a grandi avec des uniformes, des médailles, des histoires de voyages lointains, des héros, son père une photo à dos de chameau près de Jérusalem en 1928, son grand-père mort en septembre 1914 à Moronvilliers (village disparu comme le fut ce grand-père officiellement mort des années plus tard) (pas de corps) (quelque part en forêt d'Argonne), un aïeul dit-on, noble (le grand-père de son père), comte, officier, quelque part prince dans sa lignée, toutes ces histoires, comme une noblesse à reprendre, comme en découdre avec son passé, ses ancêtres, une gloire à reconquérir, une revanche, celle du peuple contre les nobles qui prennent femme parmi le peuple, comme on se sert, une guerre, de génération en génération, l'enfant en Afrique s'est vu noble, s'est vu conquérant, tout un monde à désirer, se faire roi d'une terre rouge dont on sait bien qu'un jour il faudra y verser le sang, homme en guerre depuis l'enfance, enfant roi qui ne grandit pas, enfant de la guerre. Mais l'homme en guerre a fini par reconnaître qu'il n'y avait rien de noble dans ces opérations, dans ce qu'on n'appelait pas la guerre, mais qui était une guerre, pas une drôle de guerre, les populations mêlées à tout ça, des massacres, des choses dont on ne dit pas le nom, ce qu'on a fait de toute cette génération de jeunes hommes, les bouches closes au retour, le mal-revenir, le mal tout court, les moyens n'étaient peut-être pas les bons dit l'homme en guerre, mais la cause était bonne, ces terres étaient nôtres, je n'y suis pas né, mais c'est comme si, tout ce qu'on a apporté, et on l'a gagnée cette guerre, mais on nous a arraché la victoire, est-ce qu'on aurait pu tenir, je sais pas, moi je me sens Français de là-bas, je suis Breton d'abord et puis Africain, je peux dire ça, alors j'avais de bonnes raisons de me battre, l'homme en guerre dit ça, mais ne dit pas le reste, ne dit pas les cauchemars, ne dit pas le second retour en métropole, et de ne pas pouvoir, de ne pas y arriver, il a explosé sa vie l'homme en guerre, il a explosé d'autres vies sur son passage, l'homme en guerre, une guerre sans nom, une guerre pour exister, alors. Alors aura vingt enfants, ogre de vie, et cent femmes, l'homme en guerre, se créera mille vies en une, feu de tout bois des conventions, pan une femme, pan un enfant, je prends, je suis en guerre pour trouver la paix, toute ma vie en guerre, j'agis comme un soldat, je ne regarde pas derrière moi, je ne m'appesantis pas, j'avance, je marche, je donne des coups, je prends, l'homme en guerre n'a pas de carte, pas de boussole, croix de bois croix de fer si je mens je vais en enfer, c'était l'époque, les progrès, on nous promettait un bel avenir, un horizon radieux de confort, de vie meilleure, toujours plus, plus haut, plus loin, des inventions, des conquêtes, on nous promettait la lune, mais lui, l'homme en guerre ne croit plus en rien sinon à l'enfer au bout, l'homme en guerre comme dans un désert, c'est un chacal, il faut survivre, j'ai dans mon corps le feu, et le feu de mes terres, le feu de mon enfance et d'un pays perdu. Il s'est agi pour l'homme en guerre de désirer sans fin, infiniment, (je suis de mon époque), de ne jamais être possédé mais de tout posséder, il vole et il prend (puisqu'on lui a tout pris), l'homme en guerre aura soif et faim toute sa foutue vie, insatiable à bouffer la vie, mais quoi qu'on en dise, quelque chose de morbide, vivre à en crever, vivre à faire crever les autres, l'homme en guerre et toutes ses victimes, l'homme en guerre et tous ses champs de bataille, crever, vivre, crever, vivre. Et puis il y eut Rebecca et l'homme en guerre, un fleuve et un désert, deux autres enfants, posséder, désirer, crever, faire crever, l'homme en guerre reparti comme un boulet de canon dans une autre vie, car l'homme en guerre a besoin d'avaler d'autres vies, car l'homme en guerre n'a plus de vie en lui, homme manqué, sinon un souffle à ranimer encore et encore, de petit feu à brasier, et de brasier à petit feu, toutes les autres vies pour ranimer la sienne, toutes ces vies d'enfants de lui pour prolonger la sienne, mais ça, il ne le sait pas, il ne le formule pas, il désire, il n'est que cet être-là, désirant, après avoir tué, vu mourir, et tout ce qui ne se dit pas, et tout ce qu'il n'a jamais dit, l'homme en guerre, il lui faut d'autres vies que la sienne pour s'électrifier, je suis l'homme qui sème sans compter, vivre encore un peu, le désir en lui pas mourant, le désir toujours plus fort, il n'y a plus que ça, et c'est détruire aussi, l'un ne va pas sans l'autre, alors un fleuve pourquoi pas s'est-il dit en voyant Rebecca au bal, Rebecca danser, Je suis vivant (quand il l'a vue), et l'homme en guerre a tué Rebecca, comme il a tué toutes les autres femmes de sa vie, toujours une arme à portée de main, Je suis votre roi, et même votre ancien roi pour toujours, je reste roi, même sans royaume, bang bang.

1979,

Boum boum boum, le sol se soulève et Rebecca rouge vole et verte la musique sous ses pieds (talons aiguilles) (le talent de danser en talons) (ça donne une allure), orange et bleu, cordes, cuivres et grosse caisse, tourner, se déhancher, glisser sur la piste, vibre sous le poids des corps dansant, c'est dernier jour de décembre, on danse, la boule à facettes et paillettes, on est dos à dos, on est face à face, on fait un pas, puis un autre, on tourne, on se déhanche, on se tortille, on fait n'importe quoi, on danse, on est peut-être soi pour la première fois, on ferme les yeux, on figure, on s'étonne, on est juste. Un corps qui danse. Rebecca est *on* cette nuit, chaque samedi soir en discothèque quand elle ne travaille pas, Rebecca se réinvente, des gestes qu'elle ne fait pas dans la vie, car ici ce n'est pas la vie, ici tout le monde se mélange, ce n'est pas la vraie vie, on ne se parle pas, on ne se présente pas, on ne sait pas qui on est, on croise des regards, on se frôle, on est une foule, Rebecca seule et ensemble, et qui on est on s'en fout mais. Rebecca sait qu'elle danse contre les opérettes et les marches militaires, contre le contrôle des corps, contre danser à deux depuis la nuit des temps, contre les bals, contre le corps d'Annasamère corseté, contre les quolibets, contre les voisins voisines de son HLM, contre les on-dit, contre la morale, contre l'autorité, contre l'homme en guerre, contre le mariage, contre l'ordre, libre. Libre Rebecca pour les femmes qui l'ont précédée, pour Annasamère qui jamais n'a dansé, pour Marthe la grand-mère qu'elle n'a jamais rencontrée mais dont elle sait qu'elle aimait danser, les aïeules inconnues, et chaque pas de danse est un hymne à leurs corps, et c'est en elle, Rebecca qu'elles dansent toutes, libérées, *I Feel Love*. On a fait la révolution, mais pas elle, on a manifesté, on a brûlé, mais pas elle, on a détruit, reconstruit, mais pas elle, on a crié, hurlé, mais pas elle, on a réinventé, mais pas elle, Rebecca n'était plus si jeune en 68, Rebecca séparée, deux enfants, amoureuse d'un autre homme (l'homme en guerre), une enfant née sans nom (bâtarde dira Anna) (oubliant qui elle avait été) (justement) (bâtarde) (et d'autres avant elle) et la révolution, elle la fit au sein de sa famille Rebecca, manifesta, brûla, détruisit, reconstruisit, cria (en silence), réinventa. Dansa. Toutes les guerres en elle, Rebecca, se perdre, la vie devrait ressembler à ça, la joie d'être ensemble, libres, qui comprendra ça, danser, pédés, gouines, hétérosexuels, patrons, ouvriers, gros, laids, beaux, minces, Noirs et Blancs, ceux qui dansent en rythme, ceux qui dansent mal, ceux des villes, ceux des campagnes, un seul corps, la foule dansant, se perdre, la joie, la légèreté, transe, *Rock Your Baby, Never Can Say Goodbye, Kung Fu Fighting, That's the Way, Soul Makossa, Woman, Supernature, Jive Talkin', Love's Theme, Le Freak, Night Fever, Yes Sir, I Can Boogie, Sunny, You Make Me Feel,* et comme le bruit des pas sur la piste monte en elle Rebecca, c'est la foule en elle, une force, une puissance, qu'elle n'exprime pas ailleurs, même si sa vie fit beaucoup de bruit, des échos des années plus tard encore, mais Rebecca n'a rien voulu de tout ça, juste être heureuse, le refus d'un homme violent, le refus de se soumettre, le refus d'être sa mère, et avoir voulu être libre l'a chassée de sa famille, Albert et Anna n'ont pas compris sa nature insoumise, et Anna vit en sa fille sa propre mère insoumise, Rebecca aussi belle que Marthe, aussi désirable, l'œuvre du diable dira Anna, des coups et des gifles mais rien n'y fera, Rebecca sera libre même si l'homme en guerre tua les possibles en elle, l'homme second dans sa vie, mais l'homme de sa vie l'homme en guerre, qui la fit sortir de la piste, qui tua la danse en elle, qui tua sa joie et sa légèreté, qui tua tout homme à venir dans sa vie, mais alors en 1979, Rebecca se reprend à danser, boum et boum et boum.

On met de la distance, on se rapproche, on touche des inconnus, mais on danse seul on danse seule, on danse, on les épaules, on les bras, on lève jambes, on lève bras, on crie, on chante, on ne s'entend pas, on se lâche, on se perd, on fait la révolution sur la piste de danse, c'est la révolution de Rebecca, les femmes dansent seules, pas de cavaliers (quel mot alors), pas de pas de deux, pas de chevalier servant, pas de conduite à suivre, pas d'homme qui guide, pas de qui mène la danse, Rebecca dit et dira des années plus tard Je danse le jerk, elle a plus de quarante ans Rebecca sur les pistes des discothèques, elle se fiche bien des générations plus jeunes qui dansent, Rebecca a toujours fait plus jeune que son âge, mais quand elle dit Je danse le jerk, ça trahit son âge, elle est née avant la guerre Rebecca, pendant une autre révolte sociale, 1936, elle côtoie les jeunes nés bien après-guerre mais qu'importe puisqu'on danse, qu'on est juste ensemble, qu'on se tait, qu'on chante, qu'on fredonne, qu'on ferme les yeux, qu'on tournoie sur soi, qu'on tourne autour de quelqu'un, un inconnu, une inconnue, on restera des inconnus et c'est très bien ainsi. On n'a pas besoin de boire pour s'étourdir de danse, on veut oublier dans la danse l'époque et ses guerres et ses crises (guerre du Vietnam) (le choc pétrolier) (la crise économique) (et ce qui vient) (qu'on ne sait pas mais qu'on pressent), on sait que l'on vit les dernières années de légèreté, on sait qu'on arrive à la fin de quelque chose, on fête une nouvelle année, la dernière de la décennie, mais qu'est-ce qui nous attend, on se veut encore innocent alors on danse même sur les cendres, dans la poussière, *Où va la vie, où va le monde / Et vers où court l'humanité ? / Elle creuse avidement sa tombe / Mais quel monde allons-nous laisser ?/ Amoco, Amoco,* sur l'une des premières catastrophes écologiques on danse le disco, on met de la musique disco, on s'en fout, on ne voit pas les choses venir, on danse, *Quel monde faudra-t-il chanter ?* on reprend en chœur *Amoco, Amoco,* on crie après les pollueurs (on est en Bretagne), on frappe dans ses mains, *Et les fêlés du nucléaire,* ensemble, *Et nos rivières empoisonnées,* on rentrera dans son auto à vive allure à la fin de la nuit, *Il faudra payer la facture,* ensemble, *À ces enfants qu'on a fait naître / Mais quel monde allons-nous laisser,* en sifflotant *Amoco,* on continuera, on danse, on tournoie, on se sourit, on reprend l'air et on passe à une autre danse, une autre chanson, et quand on la reconnaît, on pousse un cri, *I love America,* il y aura bien quelques slows, Aphrodite's Child, Mike Brant, Joe Dassin, Nino Ferrer (*C'est un endroit qui ressemble à la Louisiane*) (*Un jour ou l'autre il faudra qu'il y ait la guerre*) qui ressemble à l'homme en guerre, et Rebecca a les yeux qui se souviennent comme elle a pu aimer et être aimée de cet homme-là, et Rebecca accepte de danser dans les bras d'un inconnu, et Rebecca imagine quelques instants que ce pourrait être lui, et Rebecca comme si son corps appartenait toujours à l'homme en guerre, et elle espère la fin du slow, et son corps n'appartient plus qu'à la danse. Et ne pas penser à hier, et ne pas penser à demain, le travail à l'hôpital, les quatre enfants (les aînés sûrement à danser dans une discothèque comme elle), joindre les deux bouts, préparer l'examen (elle se récite alors quelques paragraphes du classeur bleu) (sur les rythmes) (boum boum boum), Tu n'arriveras à rien (sa mère), Rebecca l'ambition et la prudence de son père, qui croira en moi, même moi je n'y crois pas (Rebecca tremble) (Rebecca ne prend pas la parole) (Rebecca le petit peuple en elle) (Rebecca ne dépasse pas) (Rebecca la honte en elle), mais quand je danse, on croit en moi, le pas sûr, les gestes inventés, je suis une autre, je suis plus que moi, Rebecca rebelle en une danse et puis s'en va, à un autre endroit de la piste, un autre groupe, des hommes, des femmes, on transpire, on en veut, on respire, là, on est lumières, on est pulsations, on croit en son rythme, on croit en ses pas, on croit en sa danse, un qui se penche vers elle, lui souffle à l'oreille Vous ressemblez à Marie Laforêt, *Anton, Ivan, Boris et moi / Rebecca, Pola, Yohanna et moi,* On me l'a déjà dit (mais elle ne le dit pas) et on ne danse pas sur Marie Laforêt (ça non plus) (elle sourit) (elle s'éloigne) (discrétion), on fait ça sur les pistes de danse, on parle (on essaie) on ne vous répond pas (parfois on fait semblant) (on fait des gestes, on s'anime mais) on ne répond pas, on file, on se faufile ailleurs, on danse, les hanches, les seins, les cuisses, les pieds, le cou, les bras, les fesses, les mains, tout danse et le sang, tout sentir de son corps, la terre et le ciel, tout sentir dans son corps, tremble, vivant, vibrant, ne pas comprendre l'anglais mais chanter, danser, *Dancing Queen,* elle aurait pu être une reine Rebecca quand l'homme en guerre était un roi, et elle peut se sentir reine quand les yeux sur elle, quand elle danse, quand elle n'a pas à parler, quand elle n'a pas à être dans les mots, quand il lui suffit de danser, de ressentir la vie sans douleurs (car elle aurait pu mourir Rebecca) (s'il n'y avait pas eu les enfants) (le chagrin ravageur) (le gâchis) (l'échec) (et sa mère triomphante) (mais Anna n'a rien dit) (justement) (son silence) (son inconsolation), *I Will Survive,* elle a compté Rebecca les battements de son cœur toutes ces dernières années, elle a espéré que l'homme en guerre ne l'avait pas totalement dézingué (et elle) et puis ce n'est pas revenu, comme fichu le cœur, comme quelque chose à ranimer pour les enfants, pour les faire grandir, juste ça, et puis, quelque chose est venu, et c'est revenu, la danse et les cent vingt battements par minute boum boum boum, coups de canon dans le corps, c'est au moins ça Rebecca. Au bord de la piste, pause, et fume Rebecca, un homme à son oreille, Qui êtes-vous, elle est surprise Rebecca, les mêmes mots que ceux de l'homme en guerre la toute première fois (c'était alors au bal) (elle ne voulait pas sortir mais sa sœur) (sa sœur a insisté pour) (et sa vie en a été bouleversée) (si elle avait dit non), elle avait répondu à l'homme en guerre, Je suis Rebecca, fille d'Anna, elle aurait pu juste dire son prénom, elle aurait pu dire fille d'Anna et d'Albert, non, fille d'Anna, comme si elle était marquée de ce sceau, de cette lignée-là, liée à sa mère (dont jamais elle ne pourra se délier malgré tous ses efforts) (malgré le rejet de sa mère) (sa haine) (d'elle) (et de tout ce qu'elle représentait, libre, autonome, fière, volontaire) (à la fin il ne restera qu'elle, Rebecca) (pourquoi ce n'est pas toi qui es morte) (dira Anna à sa fille quand la benjamine mourra) (de ça elle ne se remettrait pas Rebecca) (de cette mère), et à cet homme, là, sur le bord de la piste elle dit, Je veux juste danser, elle n'a pas de prénom alors Rebecca, n'est fille de personne, est juste une femme qui veut danser, libre, sans attache et sans lignée et sans enfant, à cet instant, seule et ensemble, un seul corps dansant, brillant, comme une étoile Rebecca. Et changeant d'année annonçant des temps nouveaux, le *Good Times* de Chic (c'était son groupe préféré) (et ce sera longtemps sa chanson préférée) (chaque fois l'entendant, elle courra, Rebecca, sur la piste de danse) (et dans les soirées à la maison entraînant ses enfants sur) *Good Times* (c'est en dansant qu'elle sut parler à ses enfants) (au même rythme) (en dansant qu'elle apprit à leur donner gestes doux quand elle ne savait pas dans la vie) (leur tenir les mains l'un après l'autre et danser). *Good times, these are the good times / Our new state of mind, these are the good times / Happy days are here again / We want the best, we won't settle for less,* elle ne comprend pas l'anglais Rebecca (sa mère et sa grand-mère avaient laissé cette langue en Amérique) mais quand elle l'entendit pour la première fois sur une piste de danse, c'était l'été, Rebecca fut saisie par la chanson, Rebecca n'en comprenant pas les mots, juste *Good Times,* et pour elle c'était sa vie, elle avait l'intuition que toute sa vie se jouait là, dans cette chanson, elle avait été écrite pour elle, Rebecca, et dans la danse qu'elle exécuta (jamais les mêmes danses) (mais là) ce fut différent, quelque chose comme un élan de vie Rebecca, la vie, la vie, la vie, et ça courait comme un fleuve, ça dansait avec les lumières à sa surface.

Nous désirons disparaître

2006,

Après ça, Odessa changea de vie. Après ça, fit cabane et terre quelque part dans les marais (pas les marais de son enfance) (à ce moment-là, ils étaient déjà engloutis par les eaux montantes, nous parlons là d'un temps à venir). Cet après-ça mit des années à s'inventer. Il y eut le temps de la Révolte, le temps du Désespoir, le temps de la Renonciation, enfin le temps de la Sécession (ce sont les titres des Carnets d'Odessa) (elle consigna toutes ces années jusqu'au moment de son arrivée dans les marais) (après ça n'écrivit plus). Odessa donc dans le Mississippi en deux mille six. C'est là le point de rupture (mais elle ne le sait pas Odessa). Odessa (mais ce n'est pas son nom) (c'est le nom qu'elle a choisi) (un nom d'artiste) (parce qu'elle n'a pas été nommée à sa naissance) (bâtarde) (que c'est sa mère Rebecca qui dut trouver témoins et documents à signer pour prouver qu'elle était bien sa mère et le tribunal le lui accorda) (mais sur les registres de l'état civil son nom de naissance rayé au crayon de bois) (elle porta deux noms) (et sans le savoir ça lui pesait Odessa) (alors choisit de se choisir un nom, une vie) (On ne peut pas la regarder, dira Anna sa grand-mère) (comme si la regarder leur aurait brûlé les yeux) (et jusqu'à ce que l'homme en guerre sorte de la vie de Rebecca, on ne vit pas l'enfant) (on ne lui fit pas crédit de son existence) (elle n'existait pas) (elle n'était pas nommée) (alors) part et cette année-là ce sera la Louisiane et le Mississippi, voulait Odessa témoigner, depuis toujours son travail de photographe et de peintre, témoigner, montrer visages et noms, rendre vie, témoigner (elle n'était pas journaliste) (là où Odessa se plaçait c'était au milieu, parmi, dedans) témoigner. Elle avait vu les images l'année passée, deux mille cinq, elle avait vu, Odessa, les paysages de désolation après l'ouragan Katrina, quelle sourde révolte en elle prit feu (comme braises réactivées), quelle colère rémontée, le Mississippi débordé, des villes inondées, la mer qui se soulève, la mer qui se lève, des vents à près de trois cents kilomètres à l'heure, des milliers de morts, des dizaines de milliers de sinistrés, la désolation, le désespoir, et comment ne pas dire l'abandon (et pourquoi s'est-elle sentie à ce point touchée Odessa) (la lassitude des révoltes, des siècles pour en arriver là, encore là, simplement là, encore là) (ce qui déborde, justement) (c'en était trop pour Odessa). On savait que ça arriverait un jour, on le savait même quelques jours avant la catastrophe, on avait attendu avant d'annoncer qu'il fallait évacuer, mais c'était trop tard, et qu'est-ce qu'on en a à foutre des populations pauvres, de celles qui n'avaient pas les moyens de partir, de s'enfuir, parce que trop pauvres, qu'est-ce qu'on en avait à foutre qu'il n'y ait pas assez de bus pour permettre les évacuations, et puis quoi, les brèches dans le système de digues (ce qui n'a pas tenu) (ce qu'on savait depuis longtemps) (ce qui a permis la catastrophe), il avait fallu quarante-huit heures pour faire venir les secours, l'incompétence des autorités, l'impréparation, Odessa prenait des photos de son écran de télévision, prenait des notes dans le premier Carnet qu'elle écrivait alors (celui de la Révolte) (elle aurait pu l'appeler Carnet de la Désolation), des photos de photos, accrocha une carte du Mississippi, porta traits et chiffres, punaises et fils, faisait liens (remarqua aussi qu'il existait une ville appelée Odessa dans le comté de Lafayette, Missouri, État par lequel passait le Mississippi) (Odessa était à environ quatre cents kilomètres du fleuve) (mais Odessa avait choisi son nom du côté de l'Europe de l'Est) (et un premier voyage à New York quelques semaines avant le Onze-Septembre qui lui avait fait parcourir la ville en tous sens à la recherche de Marthe et d'Anna, à commencer par Broadway, se souvenant de cette phrase d'Herman Melville qualifiant l'avenue de Mississippi – comme les poètes savent – jusqu'à ce quartier, Little Odessa, la résonnance alors avec ce mot) (une intuition liée à sa grand-mère) (une légende familiale qui la lierait à là-bas) (rien ne le confirmait ni dans un sens ni dans l'autre mais cela importait peu) (elle se reconstruisait). On avait laissé les gens crever, dans cette région la plus pauvre des États-Unis, peuplée en majorité d'Afro-Américains, voilà la vérité (révolte) (impuissance) (toujours la même histoire) (et comment peut-on l'accepter) (comment encore une fois encaisser la même histoire depuis des siècles de domination), ça n'allait pas s'arrêter, et qu'en plus des policiers tirent sur la population afro-américaine, qu'il y ait des bavures (Danziger Bridge shootings, l'affaire), la violence, le racisme, on filmait, on enfilait des mots, émeutes, pillages, on habillait un discours mille fois rodé, en omettant de dire que les supermarchés étaient restés ouverts dans les quartiers blancs et que dans les quartiers noirs on postait des gardes pour empêcher les Afro-Américains d'y entrer (Odessa avait noté ça aussi) (l'avait entendu aussi quand elle était venue ce mois de mars deux mille six, que fais-tu là Odessa, que cherches-tu Odessa) (quelle colère), *Beaucoup n'ont pas eu le temps de s'enfuir,* et on filmait, des hommes, des femmes, debout, sur des toits de maisons (et de maison on ne voyait plus que le toit), bras levés vers les hélicoptères, qui tournaient, qui stationnaient dans le ciel, qui filmaient, mesuraient l'ampleur de la catastrophe, et Odessa derrière son écran, comme des millions d'autres, bouche bée, qu'allions-nous faire de ça, de ce flot d'images, où cela allait-il se nicher en nous, dans les peurs, dans la soumission (non décidément pour Odessa c'en fut trop) (le point de rupture), *Il y a eu du déni, on savait, tout s'est fait dans la dernière minute, Nos vies ne valent rien pour eux, Je vous garantis que si ça avait été à New York ça aurait bougé plus vite que ça,* elle est là Odessa, dans un quartier de La Nouvelle-Orléans, et elle entend ça, la révolte, elle la touche même, elle est incarnée par ces hommes et ces femmes, elle se tient même debout, et c'est un fleuve qui sort des bouches, et des cadavres charriés (des morts neufs et des morts anciens) (ceux de la catastrophe et ceux des cimetières inondés, soulevés, boueux), *C'était un tel désastre, Dans ma maison l'eau a fait exploser les fenêtres et je suis sorti de chez moi du deuxième étage en nageant,* elle notait les noms et les prénoms Odessa, elle disait pourquoi elle était là, qu'elle voulait faire des portraits, que c'était dignité, que c'était rendre de l'humanité, de la proximité à cette catastrophe, mais pas seulement la catastrophe, tout ce qu'elle a soulevé de racisme, de mépris, tout ce qui était là avant, sédimenté, et la plupart étaient d'accord, mais la plupart n'étaient pas tous rentrés (et des années plus tard non plus) (le traumatisme) (mais pas seulement) (on rachetait les maisons pour des bouchées de pain, on les revendait à prix d'or, et l'on faisait de La Nouvelle-Orléans une ville plus blanche) (comment dès lors la révolte pouvait s'éteindre). Il y avait eu des morts par noyade, des morts de faim, de soif, de fatigue, à ce jour on n'est pas encore tout à fait sûrs du nombre de morts, et encore moins en deux mille six, quand Odessa arpente les quartiers de La Nouvelle-Orléans, et quand même, à ce moment de l'année, comme un coup de pied au fond de l'eau, du fond du fleuve, Mardi gras, le carnaval de La Nouvelle-Orléans, là, six mois après l'ouragan, il manquait des milliers de gens à l'appel, mais défiler, danser, jouer de la musique, oh les orchestres de La Nouvelle-Orléans, on les entendra à des miles de là, c'était une manière de se réveiller, de réveiller le monde et les morts, de se rappeler à la vie, de se mélanger car c'était ça, Indiens, Créoles, Afro-Américains, Blancs, Asiatiques, Latinos, dans un même mouvement, un même élan de vie, un même sursaut, *Vous n'aurez pas notre peau,* à l'adresse des dieux et des hommes mieux nantis, comme les chants d'esclaves (les champs de canne à sucre, les plantations, tout ça n'est pas très loin), et Odessa emportée dans le flot de défilés, la colère muée en joie, les mots sortaient des corps, et bondir sur de la terre (un sol dur sous les pieds), et loin le ciel (être sur les toits des maisons avait rapproché du ciel) (on ne voulait plus), loin le fleuve et la mer, Odessa dansait, la foule en un seul corps blessé mais debout, on n'envisageait pas (ce n'était pas possible) de se soumettre au silence, de taire les corps, on n'envisageait pas de crever vivant dans les mois d'après-Katrina, on comptait bien faire du bruit, se faire entendre on n'y comptait plus, mais soulever de la poussière, ça oui, on savait faire, porter beau et lumières aussi, vert, violet, or, et si, et si à force de battre le sol de nos pieds dansant, on poussait la terre de la Big Easy à s'enfoncer plus encore au-dessous du niveau de la mer, car on continue de s'enfoncer, mais pas les hommes, mais pas les femmes, ça brille dans les costumes du carnaval (certains ont sauvé leurs costumes de l'an passé) (et même si d'une année à l'autre on coud de nouvelles tenues) on défile, il reste des perles, des plumes, des tenues inspirées des vêtements cérémoniels amérindiens, et ça, tout ça, forme une communauté dansante entre le Mississippi et le lac Pontchartrain, Indiens, Noirs, Rois, Reines, Confréries, Tribus, Foule, Gens, Odessa ne reconnaît pas ceux et celles photographiés, pourtant il y eut Jean-Baptiste LeBeau, Louis Claiborne, Kristin Kenyan, Helena Von Perl, Mary-Lou Cameron, Tennessee Jackson, Marjorie Avoyelles, Francisco Giarrusso, Theophile Fontaine, Andrew Long, Coco Allen, Evangeline Beauregard, Tessa Latouche, Laurie Brossett, Huey Percy, Sharon Duplessis, Dakota Anderson, Kathleen Romero, Joseph Anderson, LaToya Jordan, Louise-Mary Brown, Louisiane Wilson, Nathan Chopin, Sidney Nagin, Carmen Johnson, Charleen Williams, Antoine Roberts, Mia Nguyen, Phoebe Lambert, James Lee Birdson, elle se souvient de leurs noms Odessa, les égrène sous sa langue, revoit chaque visage, et chaque visage le long des rives du Mississippi, elle avait, Odessa, développé de grands portraits, et des panneaux plantés le long du fleuve, avait peint et fait collages par-dessus, par endroits des portraits, et tout un fleuve de vies se déployait comme l'on déroulerait une tapisserie, et c'étaient vies, là, sur les bords du Mississippi, un Broadway sur le Mississippi, ils étaient des étoiles, des visages creusés, abîmés, beaux, jeunes et vieux, des visages habités d'autres visages du passé, d'aïeux, des visages sculptés par la géographie, *Nous ne sommes pas morts* semblaient-ils dire, dignes, fiers. Et puis Odessa prit les paysages du Mississippi en pleine figure, ivre de nature, le lac, le fleuve, le bayou, les saules et les ormes, mais ne les photographia pas, elle les lisait sur les visages, dans les mots, dans les accents, dans les gestes (ce qu'elle put photographier), et de cela Odessa ne se remit pas, savait qu'un jour tout serait emporté, tous lui disaient *Un jour on sera tous emportés par l'océan, notre vaudou n'y pourra rien, qui sont les vrais sorciers Odessa,* et Odessa rentra, et commença à écrire ses Carnets, et jour après jour, consigna le déclin, jusqu'au jour où le Mississippi disparut (un continent de glace détaché, dérivant) (la montée des eaux, les ouragans) (on ne contrôlait plus rien), l'océan emporta tout de cette partie du continent américain (et bien d'autres terres encore, bien d'autres îles, bien d'autres peuples) (ce n'était que le début) (et Katrina avait sonné le tocsin) (bien sûr on ne l'avait pas entendu), Odessa (dans sa cabane) (dans ses marais) se récitait les noms et prénoms de ces hommes et de ces femmes disparus, mais il n'y avait personne à qui les transmettre, ils n'étaient plus que des noms appris par cœur, ils n'existaient plus consignés dans des registres (engloutis eux aussi) (elle-même, Odessa, oubliait peu à peu les noms de ceux et celles qui l'avaient précédée) (et il n'y avait personne après elle) (que des photos) (mais elle aimait à penser qu'elle était un point d'un de ces dessins que l'on relie par des traits entre les points, chaque point étant un homme, une femme de sa lignée, tous reliés et à la fin) (à la fin on formerait quoi, un arbre pensait Odessa, nous serions un arbre, comme un de ces arbres du Mississippi), alors espérer que les fils et les filles de ces disparus aient pu survivre ailleurs, que leurs noms puissent être encore prononcés par eux, qu'il reste trace du Mississippi sur les langues, quelque part. À quoi ça ressemble un homme, une femme du XXIe siècle ? Comment ça épouse les paysages dévastés ? Comment ça tient une fois le Mississippi disparu ? Comment ça tient debout proche de l'effondrement ?

REMERCIEMENTS DE L'AUTRICE

Je tiens à remercier infiniment Vanessa, mes sœurs & frères, mes amies & amis qui m'ont accompagnée & encouragée ces dernières années, et sans qui l'écriture de *Mississippi, la Geste des ordinaires* n'aurait pas été possible.

Un merci tout aussi chaleureux à Benoît Verhille & l'ensemble des éditions de La Contre Allée pour leur soutien indéfectible.

Je remercie le CNL pour son aide si précieuse pour l'écriture de *Mississippi, la Geste des ordinaires.*

De la même autrice

Aux éditions La Contre Allée

On est les gens, 2023

Désherbage, que vient-on faire dans une bibliothèque aujourd'hui ?, 2019

Assommons les poètes !, 2018, 2023

moujik moujik suivi de Notown, 2017, 2023,
premières éditions Les États Civils, 2010 et 2013

Témoin, 2016
(Prix des Lycéens et Apprentis des Pays-de-Loire, 2018)

Dans d'autres maisons

Paradise, avec Jean-Marc Flahaut,
éditions Interzone[s], 2019

Que vais-je devenir ? avec Eduardo Berti,
nuit myrtide éditions, 2018

À part la neige, 2016, (un poème), Faï Fioc

Ordinaire, La Porte, 2016

La Fille avec qui je volerais des chevaux,
Éditions du Petit Flou, 2015

Carnet d'au bord, Éditions Potentille, 2014

Se recoudre à la terre (avec neige),
Contre-allées, coll. Lampe de Poche, 2011

Prendre les oiseaux par les cornes,
Le Chat qui tousse, 2010

Panik, Le Chat qui tousse, 2008

Sous le ciel de nous, Contre-allées, 2007

Nègre blanche, L'idée Bleue, 2007
(Prix de Poésie de la Ville d'Angers)

ouh la géorgie, Gros-Textes/Décharge, coll. Polder, 2005

Anthologies

Anthologie de la poésie française,
dir. Philippe Torreton, Calmann-Levy, 2022

Nous, avec le poème comme seul courage,
Le Castor Astral, 2019

Lettres nomades, saison 4,
Éditions La Contre Allée, 2015

La Fête de la vie, Anthologie franco-allemande, vol.5,
Éditions en forêt, 2011

Collectif

Lettres aux jeunes poétesses, L'Arche, 2021

Ne vivent haut que ceux qui rêvent, avec Xavier Grall,
Calligrammes, 2021

(ÉDITIONS) LA CONTRE ALLÉE

Délaissant les grands axes, j'ai pris la contre-allée - A. Bashung et J. Fauque

*

Collection La Sentinelle

Une attention particulière aux histoires et parcours singuliers de gens, lieux, mouvements sociaux et culturels.

Nuits de noces • Violaine Bérot (2023)

Sortir au jour • Amandine Dhée (2023)

Les Heures abolies • Lou Darsan (2023)

Le prénom a été modifié • Perrine Le Querrec (2022)

Le Pion • Paco Cerdà (2022)
traduit de l'espagnol par Marielle Leroy

Aventures dans la grammaire allemande et autres poèmes
Yoko Tawada (2022)
traduit de l'allemand par Bernard Banoun

L'engravement • Eva Kavian (2022)

Lettres à clipperton, une aventure épistolaire
Irma Pelatan (2022)

Tribu • Nathalie Yot (2022)

L'Arbre de colère • Guillaume Aubin (2022)

Avec Bas Jan Ader • Thomas Giraud (2021)

Retrouvez notre catalogue
sur www.lacontreallee.com

CRÉDITS & REMERCIEMENTS

Direction éditoriale Benoît Verhille
Couverture Renaud Buénerd
Maquette Valérie Dussart
Relecture et correction Sarah Gastel,
Marianne Kmiecik, Julie Lévêque

Nous remercions :
Les équipes de
Belles Lettres diffusion distribution
Présence graphique
&
Aline Connabel, relation libraires
Aurélie Serfaty-Bercoff, relation presse

La Contre Allée remercie également
le Conseil régional des Hauts-de-France
pour son soutien à l'édition indépendante.

Il arrive parfois que tout s'aligne : un anniversaire et le premier roman, qui nous arrive comme un présent, d'une autrice que l'on connaît bien déjà pour avoir édité plusieurs de ses textes de formes poétiques, et dont nous apprécions tout autant l'écriture que l'engagement... Nous n'aurions pu rêver mieux que *Mississippi, la Geste des ordinaires* pour incarner notre rentrée littéraire 2023 et les quinze ans de la maison, tant ce texte recouvre nombre des thématiques qui étayent le catalogue. Alors que nous naviguons aux côtés de l'autrice et de ses personnages depuis plusieurs mois, c'est en ce printemps 2023 que nous arrivons à bon port. Ainsi, *Mississippi* porte l'immatriculation ISBN 9782376650393, il est composé en Minion pro 10,5 pts et imprimé sur un papier Clairefontaine bouffant 80 g. Sa couverture – à la fois fleuve et arbre généalogique –, imaginée par Renaud Buénerd, a quant à elle été reproduite sur un papier de création, le Kingdom Laid Vergé 220 g, un papier labellisé FSC et au caractère aussi trempé que ceux des personnages qui traversent cette histoire. Achevé d'imprimer en avril, à Monts, près de Tours, sur les presses de l'imprimerie Présence graphique, titulaire du label ©Imprim'vert, *Mississippi* porte le numéro imprimeur 042375238. 119e ouvrage au catalogue de la maison, *Mississippi* voguera vers le dépôt légal au cours du 3e trimestre 2023.